LA MANGANILLA DE MELILLA

Juan Ruiz de Alarcón

HABLAN EN ELLA LAS PERSONAS SIGUIENTES:

Pedro Vanegas de Cordoua, galan.
Pimienta, soldado.
Arellano, soldado.
Dos soldados, 1, 2.
Salomon Iudio, gracioso.
Azen Moro, galan.
Muley Moro, galan.
Zayde Moro.
Piali Moro.
Amet Morabito, viejo graue.
Alima Mora Dama.
Arlaja Mora Dama.
Daraja Mora Dama.
Abenyusar Moro, viejo graue.

ACTO PRIMERO

Salen Pimienta de Moro, y Alima de noche.

Alim.	Donde estamos? que castillo y que torres son aquellas?
Pim.	Esse lugar es Melilla, las torres su fortaleza.
Alim.	Porque me engañas, traydor? a Fez dizes que me lleuas, y a Melilla me has traydo, que es de Christianos frontera? Perdida soy; ay de mi; porque enemigas estrellas, hizistes de la desdicha tributaria la belleza. Triste yo, quien me diria ayer, quando hombres y seluas con libertad diuagaua, y mandaua con soberuia: que oy quando con blancas vrnas vertiesse la Aurora bella a los ayres oro en rayos, y a los campos plata en perlas. Yo tambien triste daria, a vn hombre estraño sujeta, lagrymas tiernas al suelo, y al viento llorosas quexas?
A parte. *Pim.*	Con quanta gracia lo llora! mas por Dios que como peyna ya en los riscos Orientales Febo sus rubias madexas; va descubriendo la Mora vn nueuo sol en sus hebras, vn nueuo Oriente en sus ojos, y en su llanto vn alua nueua.

A cielos, tan gran tesoro
entre engañosas tinieblas
auarienta de mis dichas
me ocultò la noche fea?
No vieron humanos ojos
partes jamas tan perfetas;
afrenta de Venus es,
y honra de naturaleza.
No llega la admiracion,
donde la hermosura llega,
couarde està la alabança,
presumida la belleza.
Mora hermosa, que te afliges?
que lloras? que te querellas?

Alim.   Por mi libertad perdida,
que es la mas preciosa prenda.
A Melilla me has traydo?
no es por bien, venderme intentas.
Moro vil, a los Christianos
entregas tu sangre mesma?

Pim.   Tu perdida libertad
injustamente lamentas,
quando vn Argel de aluedrios
en tu hermoso rostro lleuas.
Donde, di, seras cautiua,
que no cautiues, y seas
dueño de tu dueño mismo?
Basta, Mora, el llanto cessa;
tu remedio está en tu mano;
que porque el imperio sepas
de essos tus ojos, el mio
tienes ya tambien en ella;
no ha nada que eras mi esclaua,
ya mi dueño, amor lo ordena;
que la luz deshaze injurias,
que te hizieron las tinieblas.
Redima pues, mora hermosa,
vna piedad dos tormentas,
vn fauor dos libertades,
y una permission dos penas.

Hazme tu Adonis dichoso,
pues eres tu Citerea;
y pues dispone mis glorias
la soledad destas seluas;
y te prometo que al punto,
sin que el Christiano te vea,
a tu amada libertad,
y a tu dulce patria bueluas.

Alim.   Calla, villano, traydor,
los infames labios cierra,
por deshacer vn agrauio,
otros mayores empieças?
Quando me obligas, pretendes
mi infamia? batir intentas
torres de diamante duro
con balas de blanda cera.

Pim.   Mira.
Alim.   Que vana porfia!
Pim.   Mas que vana resistencia!
Alim.   Daràn a mis justas vozes
fauor los troncos y fieras.

Pim.   Acaba.
Pelea con ella.
Alim.   Vn peñasco ablandas.
Pim.   Para que tengo paciencia,
pudiendo yo ser Tereo,
si fueras tu Filomena;
que viue Dios de cortarte,
para que en todo lo seas,
si resistes, o das vozes,

Saca la daga.

con esta daga la lengua.
Alim.   Almas tienen estas plantas,
y deidades estas seluas
que castiguen tu delito,
y que te impidan mi afrenta.
Salen Vanegas, Arellano, y otros soldados.
Vaneg.   Acudid por essa parte,
soldados, que vozes suenan
de vna muger afligida.

Alim.
Are.
A parte.
Pim.

Are.
Pim.
Vaneg.
Pim.

A parte.
Alim.
Vaneg.
Pim.

      El cielo escuchò mis quexas.
      Moros son; daos a prision.

       Triste yo, en la vil contienda
me ha cogido el General.
      Es el Sargento Pimienta?
      Pues quien puede ser?
      Que es esto?
      Gran desdicha ser pudiera;
valgate el diablo la galga,
y en que me he visto con ella.

      Que era Christiano el traydor?
      Pues que ha sido?
      A la frontera
de Bucar fuy por espia
como veys, por orden vuestra:
y ayer despues que escondio
Tetis en la alcoua negra,
que dio talamo a Peleo,
del sol las doradas trenças:
Topè en vn monte essa mora,
cuyo cielo en su maleza
de Atlante daua a vn cauallo
el oficio y la soberuia.
Eres de Bucar? me dixo;
yo porque la diferencia
del lenguaje no me dañe;
traça, que el recato enseña:
respondo que soy de Fez,
mas huuelo dicho a penas,
quando ofreciendome quantas
Midas alcançò riquezas,
me pide, que a Fez la lleue,
yo con la inocente presa
parto a Melilla, fingiendo
que cumplo lo que dessea.
Pues oy, quando sus colores
boluiò la luz a esta fuerça,
y que era Melilla supo,

furiosa, ayrada y resuelta,
sacandome de la cinta
el puñal, teñir intenta
del campo las esmeraldas
con la grana de sus venas.
El enorme angelicidio
le estoruè, y la misma fuerça
que al pecho quitò los golpes,
sacò del alma las quexas.

Alim.
A parte.

Vaneg.

    Que bien desmintiò su culpa!

    Mora, no es justo que ofendas,
con aborrecer tu vida,
del Christiano la nobleza:
y mas quando a tal estima
obligan tus partes bellas,
que no has de tener esclaua
mas que el nombre en nuestra tierra.
Y pues sabes que el rescate
estas desdichas abreuia,
oluidalas ya, y tu estado
con menos lagrymas cuenta.

Pim.

    Pedro Vanegas de Cordoua,
que es General desta fuerça
de Melilla, lo pregunta;
haz relacion verdadera.

Alim.

    Heroyco lustre de España,
en cuya persona juntas
la nobleza y valentia
se compiten y se ayudan;
presta a mi lengua atencion,
pues que mi historia preguntas:
conoceràs la muger
mas sin dicha en la ventura.
Alima es mi nombre, y Fez
mi patria, sino repugna
que lo sea, la que ha sido
mi madrastra en las injurias.
Mi padre es vn noble Moro,
cuyo nombre es Abenyufar,

a quien la priuança ha dado
del Rey de Fez la fortuna.
Creci por desdicha mia
en años y en hermosura,
que con alas y con lenguas
la fama aumenta y diuulga.
Entre muchos, que a mi imperio
los pensamientos tributan,
se mostrò mas abrasado
Azen Alcayde de Bucar:
pero como no pudiessen
fuertes diligencias suyas
ver jamas del pecho mio
la condicion menos dura.
En violencia trocò el ruego,
la diligencia en industria,
y al poder injusto apela
de la resistencia justa.
Y assi estando yo vna tarde
en vn jardin, a quien hurta
pinzeles la primauera,
con que sus Mayos dibuxa
violento rompe la puerta,
resuelto el jardin ocupa
de Moros enmascarados
vna bien armada turba.
Cogieronme, y fue de suerte
de mi desdicha y su furia
mi turbacion; que aun la voz
de medrosa quedò muda:
y primero vi lleuarme
por entre seluas incultas;
que permitiesse a los labios
el temor pedir ayuda.
Alas impuso ligeras
a los raptores la culpa;
con que en jornadas de instantes
llegaron conmigo a Bucar.
Donde su Alcayde ha dos meses,
que quantos mas medios busca

de contrastar mi esquiueza,
mas su intencion dificulta:
que si antes era la mia
del todo opuesta a la suya;
que serà despues que ha buelto
la ofensa el rigor en furia?
Con esto emprendio por fuerça
dar efeto a su locura;
mas dello apenas indicios
me dio su intencion injusta:
quando con rostro mas fiero
que muestra la noche obscura,
de tempestad armada
al que el golfo ayrado surca,
con ojos mas fulminantes,
que la serpiente en la gruta,
quando a las gentes de Cadmo
dio veneno, si agua buscan.
Con pecho mas vengatiuo
que la Troyana, a quien mudan
en rabioso can las penas
de su prosapia difunta;
le dixe; barbaro Moro,
sin ley, sin Dios, no presumas
que lo que el amor te quita,
la fuerça te restituya.
Viue Alà, que si te atreues,
con los dientes, con las vñas,
qual rabiosa tigre, al viento
de tus entrañas impuras.
Prueua, que te tardas? llega;
que te detienes? que dudas?
ò honestidad soberana,
que deidad tienes infusa?
General famoso, miente
la que dixere que nunca
verdadera resistencia
se ha rendido a fuerça injusta:
qual timido paxarillo,
que quando el viento retumba

al trueno que el rayo engendra,
se esconde en su misma pluma,
o como el ayrado cierço
sobre las hondas Ceruleas,
luego que el mismo la cria,
deshaze la blanca espuma;
assi mi resolucion
enfrena, desmaya, y muda
la del Moro, ya arrojado
a emprender faccion tan bruta.
Despues acà (esto he deuido
a su amor, o a mi ventura)
ni de su poder se vale,
ni su desseo executa:
o sea que mi valor
le acouarda, o que procura
vencer el alma primero,
o que temiendo a Abenyufar,
o al Rey de Fez, deshazer
quiera la passada culpa,
siruiendo con cortesia,
a quien robò con injuria.
Ayer pues por obligarme,
despues de otras fiestas muchas,
con que mi gusto venera,
y conquista su ventura,
ordenò lleuarme a caça,
y en vn cauallo, que emulan
los del sol en ligereza
en ardor y en hermosura,
sali a perseguir las fieras;
y quando a la selua ruda
los arboles começaron
a dar sombras mas confusas;
me apartarrè de los monteros,
y las sendas mas ocultas
sigo con la ligereza
que permite la espessura,
con intento de yrme a Fez,
si el cielo me diesse ayuda,

o ausente de mi enemigo
habitar sierras incultas:
quando en las manos me puso
deste Español mi fortuna,
cuyos engaños me hizieron,
como ha dicho, esclaua suya:
lo demas el lo ha contado;
confiesso que con la furia
de mi libertad perdida
me fue mi vida importuna;
mas ya que el valor he visto,
gran General, que te ilustra,
quiero mas ser en Melilla
esclaua, que libre en Bucar.

A parte.
Pim.

    La Mora es noble y discreta,
pues confirma mi disculpa;
o porque su dueño soy,
o por temer que a la suya
credito le han de negar,
todo yguala a su hermosura.

Vaneg.

    Quanto tu beldad me admira,
me lastima tu fortuna.
Mas puedes pensar que yo,
por mas que ayrada presuma
perseguirte, he de oponer
mis fuerças a sus injurias.

Alim.

    De tu nobleza lo fio:
pero si merced alguna
de ti espero, la primera
serà hazerme esclaua tuya,
pues demas de lo que gano
con tal dueño: assi me escusas
la pena de ser, de quien
me traxo a tal desuentura.

A parte.
Pim.

    A enemiga, ya te entiendo;
porque mis intentos huyas,
quieres salir de mis manos,
mas no te valdrà la industria.

Vaneg. Señor Sargento.
Pim. Señor.
Vaneg. Bien ve que en las damas nunca,
aunque se mude el estado,
el priuilegio se muda;
que la compre quiere Alima;
darle gusto no se escusa;
pongale precio, y al punto
lo vaya a contar.

Pim. No ay suma,
porque dè yo tal esclaua,
ni puede ygualar alguna,
a la que por ella espero
de Azen Alcayde de Bucar.

Vaneg. Pues con vna condicion
el contrato se concluya:
que la cantidad por ella
le darè, que fuere justa;
y la que por su rescate
dieren, tambien serà suya.

Pim. Señor.
Vaneg. No ay que replicar:
y mire que no es oculta
su lasciua inclinacion:
y si este intento repugna,
serà forçoso que dello
vn fin malicioso arguya.

A parte.
Pim. El demonio se lo dixo:
confiesso que si me apunta,
jamas me yerra Cupido;
mas mira, quando me acusas,
que por huyr de mis brasas,
no dè la Mora en las tuyas.

Vaneg. Mis costumbres por lo menos
hasta agora me disculpan.

Pim. Lo mismo digo, mas temo
que las vença esta hermosura;
y por abonar las mias,
digo que pues dello gustas,

con la condicion que has puesto,
queda la esclaua por tuya.

Vaneg.   Pues venga a contar al precio:
ya, como pediste, mudas
el dueño, ya lo soy tuyo,
Alima.

Vase, y los soldados.
Alim.   Y de la fortuna
lo soy yo, siendo tu esclaua.

Pim.   Estàs contenta?

Alim.   Segura
alomenos de tus excessos.

Pim.   No podràs estarlo nunca,
si a tu misma patria buelues,
si el mismo infierno te oculta:
mas con todo te agradezco
que ayas callado mi culpa.

Alim.   No lo agradezcas, que yo
no lo hize, porque induzcas
dello obligacion en ti:
mas porque nadie presuma
que tu pudiste perder
el respeto a mi hermosura.

Pim.   Arrogante soys y cuerda;
mas libreos Dios de vna punta
de amor, que a fe que ella os sangre
de arrogancia y de cordura.

Vanse, y salen Azen, Muley y Zayde.
Az.   Abreuia, que de vn cabello
està mi vida pendiente.

Zay.   De la peñascosa frente
que a essa sierra oprime el cuello,
al pie que le baña el rio
con lisonjero cristal,
del mas espesso jaral,
y del bosque mas sombrio,
al campo menos amado
de Pomona y Amaltea,
con alas, de quien dessea
y teme, corriò el cuydado.

No ay donde buscarla ya;
tragose a tu Alima el suelo.

Az. Pese a Mahoma, y al cielo
pese, y pese al mismo Alà.

Mul. Ten, no blasfemes, señor,
de Alà; mira que es locura
por amor de vna criatura
ofender assi al Criador.

Az. Y es cordura que me ofendas
a mi tu, siendo quien soy;
y quando rabiando estoy,
mis excessos reprehendas?
Pues digo que pese a Alà
mil vezes, y pese a quanto
sobre su estrellado manto
su gloria gozando està.
Quando vomito Vulcanes,
quando el dolor en el pecho,
es vn Aquilon deshecho,
que forma mil Vracanes,
quando las crinadas furias
de yra, rabia, y fuego llenas,
ministrando al alma penas,
brotan a la boca injurias;
te opones tu a mi furor?
è intentas, necio imprudente,
reprimirme en la creciente
de vn desesperado amor?

Mul. Si se atreuieran tus labios
a algun humano sujeto,
no fuera intento discreto;
oponerme a sus agrauios:
pero que de Alà blasfemes,
ni he de sufrirlo, ni temo
tu poder, pues tu blasfemo
el del mismo Dios no temes.

Az. Pues presto veràs en ti
qual yerra mas de los dos,
yo blasfemando de Dios,
o tu ofendiendome a mi.

Ola, prendeldo al momento,
y a su soberuia locura
la mazmorra mas obscura
dè pena, y ponga escarmiento.

Mul.   Bien, Alcayde, vas pagando
de mi padre los seruicios,
que con tantos beneficios
te està en España obligando.

Az.   Quanto del allà me obligo,
me ofendes tu acà, y no entiendo
que al padre, que es bueno, ofendo,
si al hijo malo castigo:
lleualde presto de aqui.

Mul.   Poco te vengas en esso;
Azen, por Alà voy preso,
Alà mirarà por mi.

Lleuanle.

Az.   A cielos, donde escondeys
mi prenda hermosa y querida?
porque me dexays la vida,
si el alma no me bolueys?

Sale Piali con vna carta, y dala a Azen.

Pia.   De Fez vn Moro ha llegado
con esta, Azen, para ti.

Az.   Querellas seran, Piali,
de Abenyufar agrauiado
a Azen Alcayde de Bucar.

Lee el sobrescrito, abrela y lee.

Carta.   Hasta agora se ha ocultado a mi
diligencia el agressor del robo de Alima, vuestro atreuimiento prouò
el hazerlo: vuestra malicia descubre el encubrirlo: si la disculpa no
es ser ya su esposo: yo estoy ofendido, y el Rey indignado. De Fez.
Abenyufar.

Az.   Solo agora me faltaua
esta amenaça: leuante
fiero el Tebano gigante
contra mi su fuerte claua:
vibre en la inuencible mano
Iupiter omnipotente
contra mi el efeto ardiente

del flamigero Vulcano.
Como al soberuio Tifeo,
en el suelo trina crino
me oprima el Etna el Paquino,
el Peloro y Lilibeo.
Cayga todo sobre mi
el celestial firmamento;
que nada temo ni siento,
despues que a Alima perdi.

   Mira que tiene tu hermano
todo el infierno en el pecho.

Dar.

   Bien se ha visto en lo que à hecho;
mas por Alà soberano,
que sino suelta al momento
a Muley de la prision,
ha de apostar mi passion
a furias con su tormento.

Salo.
A parte.
Dar.

   Rabiosos andan los perros.

   Que es esto, Azen? has perdido
el honor con el sentido:
que añades yerros a yerros?
quando por robar a Alima,
darte deuiera temor
del Rey de Fez el rigor,
que a su padre tanto estima,
las fuerças te disminuyes?
si a Muley, Alcayde, prendes,
a tus vassallos ofendes,
y a ti mismo te destruyes.
Que moro tiene tu tierra
sin el, que te pueda dar
ombros en que sustentar
el peso de tanta guerra?
Y quando a tu enojo quadre
no atender a esta razon,
respeta la obligacion
de Amet Bichalin su padre,
Morabito venerado

tanto en Bucar, que si viene
de España, donde le tiene
su valor y tu mandado:
y ofendida su lealtad
se rebela, desconfia
de que nadie en Berberia
siga su parcialidad.

Az. Basta ya, cierra los labios,
que a mas furor me dispones,
pues hallo ya en tus razones,
mas que consejos, agrauios.
Que tema yo a mis vassallos
te atreues a aconsejarme,
quando huuieras de irritarme
con valor a castigallos.
Vete, Daraja, si ayrado
prouarme tambien no quieres;
que jamas a las mugeres
tocò la razon de estado.
En tu labor te entreten,
dexame a mi gouernar,
no me obligues a pensar
algo que no te estè bien:
que si llego a presumillo,
viue Alà que en mi seuero
rigor has de ver, primero
que la amenaça, el cuchillo.

Dara. Tu tyrana condicion
fingirà culpas en mi,
para dar materia assi
a tu injusta inclinacion.
Y quando ofendido estàs
del desden y de la ausencia
de tu Alima, en mi inocencia
vengar tu enojo querràs,
sin aduertir que es sin fruto,
y que si el hombre se escapa,
romper la furia en la capa;
solo es vengança de bruto.

Az. Pues, necia, ya que me obliga

tu locura a declarar,
y puesto que a mi pesar,
lo que sospecho, te diga.

A parte.
Salo.   Oy se ha de arder esta Troya.
Az.   Dime, ha sido acaso en vano
no querer dalle la mano
al Alcayde de Botoya?
si resistes con rigor
lo que te estaua tambien,
negaràs que tu desden
nace en ti de ageno amor?
Pues si tras esto te veo
sentir la prision
de Muley, no es presuncion
que viue en el tu desseo?
Dara.   Si mi culpa estriua en esso.
Az.   No, no tienes que alegarme,
quando lleguè a declararme,
cerrè contra ti el processo,
Zayde.
Zay.   Señor.
Az.   Ni te assombres,
ni repliques; en prision
pongo por cierta ocasion
a Daraja: con cien hombres
en este quarto has de estar
en su guarda y por su Alcayde,
que a ti solamente, Zayde,
puedo este cargo fiar.

A parte.
Salo.   El le encarga gentil joya.
Az.   O aqui al tormento inhumano
daràs la vida, o la mano
al Alcayde de Botoya.
Dara.   Si piensas que tus porfias
han de poder.
Az.   Entra ya, no me repliques.
Dara.   Alà,
castigue tus tyranias.

Vase, y Zayde.
A parte.
Salo.   Encerrola, al superior
no es oponerse cordura;
yrme quiero, coyuntura
tendrè de hablarle mejor,
que està enojado.

Az.   A Iudio, buelue.
A parte.
Salo.   Cogiome.
Az.   Que quieres?
Salo.   Quiero: lo que tu quisieres.
Az.   A donde yuas?
Salo.   Señor mio, voy donde has mandado.
Az.   Yo
donde te he mandado yr?
Salo.   No me mandaste partir
a Melilla, Alcayde?
Az.   No.
Salo.   Pues, señor, no yrè a Melilla.
Az.   Tu estàs trauado.
Salo.   De verte
enojado, estoy de suerte
que no se.
Az.   Con quien se humilla
y me teme, no exercito
yo mi poder, Salomon.
Salo.   Essa es real condicion,
y lo contrario es delito:
el que soberuio se atreue,
se arrepienta derribado,
quien tu poder no ha estimado,
esse tus rigores prueue.
Iamas, Alcayde, he tenido
ygual gusto, al que me diste,
quando enojado prendiste
a Muley por atreuido.
El hombre solo merece,
siendo seuero esse nombre,
porque en riendose vn hombre,

a mi no me lo parece.
No ay propria passion, que menos
se conforme a la razon,
si gusto o admiracion
me dan donayres agenos.
Que tiene que ver que quiera
yo alaballos, o aplaudillos,
con arrugar los carrillos,
y echar las muelas de fuera?

Az.   De gracia estàs, Salomon,
quando mi pecho atormentan
quantas sierpes alimentan
las tres hijas de Aqueron?

Salo.   Diuertirte fue mi intento,
que a mi tambien tu pesar
me aflige.

Az.   Oy lo has de mostrar,
amigo, parte al momento,
y no me dexes frontera,
de quantas el Español
ocupa, y alumbra el sol,
donde mi adorada fiera
no busques: y si codicias
riquezas, por estas nueuas,
quantas las Indianas cueuas
rinden, te darè en albricias;
mas sin ellas a mis ojos
no bueluas jamas.

Salo.   Confia
que la diligencia mia
ponga fin a tus enojos;
mas.

Az.   Habla cosa ahi que pueda
causarte temores vanos?

Salo.   Para andar entre Christianos,
lleuo muy poca moneda.

Az.   Estriue en esso mi intento;
ven, darete mil zequies.

Vase.

Salo.   Con ellos no desconfies

que sus alas compre al viento.
Los que viuis de embestir,
de mi podeys aprender,
primero aueys de saber
lisonjear, que pedir.

Vase.
Salen Arlaja, y Alima.
Arl.   Triste parece que estàs;
sientes mucho el cautiuerio?

Alim.   Arlaja, creer podràs
que otro poderoso imperio
es el que me aflige mas.
Quien creyera, triste yo,
que la que siempre viuiò
tan libre, quando lo era;
el alma tambien rindiera,
quando el cuerpo cautiuò?

Arl.   Haste enamorado, Alima?
Alim.   Ser tu de mi patria, y ser
quien al mal que me lastima,
remedio puedes poner,
a confessarlo me anima,
Arlaja, yo estoy sin mi.

Arl.   Dime, por quien?
Alim.   No entendi
que lo dudaras, Arlaja;
pues agrauias la ventaja
de sus meritos assi.

Sale Pimienta.
Pim.   Nunca la ardiente passion,
A parte.

que sin piedad me lastima,
ha de hallar vna ocasion?
Arlaja està con Alima,
vsarè de vna inuencion:
Arlaja.

Arl.   Quien llama?
Pim.   Assi
te estàs descuydada aqui,
quando el General te llama,

Arl.
Vase.
Alim.
Pim.

Alim.

Pim.

Alim.

Pim.

Alim.

Pim.
Quiere tomalle la mano.
Alim.

Pim.

Alim.

Sale Vanegas.
Vaneg.
Pim.
A parte.

y por no hallarte, le inflama
vn ciego ardor contra ti?
  Voy bolando.

  Yo te sigo.
  Hermoso dueño, enemigo
de mi vida, donde vays?
a Arlaja llama no mas.
  Voy solo a no estar contigo;
suelta.
  Aplaca ya el rigor,
ageno de tu hermosura.
  Que solicita mi amor,
quien fue de mi desuentura
y cautiuerio el autor?
antes el hermoso dia
trocarà en noche sombria
el Meridiano arrebol,
antes al ardiente sol
visitarà la ossa fria,
que tu pensamiento vano
me pueda, Español, mouer.
  Pues tu rigor inhumano
algun fauor me ha de hazer;
dame si quiera vna mano.
  Piensa que ablandar procura
tu amor vna peña dura.
  Yo, ingrata, la tomarè.

  Darè voces, y dirè
al General tu locura.
  Tu resistencia es en vano,
que estoy abrasado y ciego:
dame, enemiga, la mano.
  Primero la diera al fuego;
aparta, necio villano.

  Que es esto, señor Sargento?
  Cogiome otra vez.

Vaneg.   Que intento
le obliga a locura ygual?

Pim.   Diga el señor General,
si es injusto el fundamento,
con que tomarla queria.

Vaneg.   Que fue?
Pim.   Quitarle vn rubi
de la mano pretendia,
que pues que yo la prendi,
quanta hazienda tiene, es mia.

A parte.
Alim.   Que bien la traçò el traydor!
Vaneg.   Es esto assi?
Alim.   Si señor.
Pim.   No basta que yo lo diga?
A parte.
Vaneg.   Aunque a sospechas me obliga,
dissimular es mejor,
y la ocasion euitar:
Mora, no tienes razon,
que en llegando a cautiuar,
el dominio y possesion
le dà la ley Militar,
de cuantas prendas tenia
tu persona, su porfia
fue justa: dale el rubi,
que por el te doy yo a ti

Dale vna sortija.

este diamante, que al dia
competencia hermosa mueue.

Alim.   Por tuyo le estimo mas.
A parte.
Vaneg.   La mano al yelo se atreue;
ò amor, con flechas de nieue
heridas de fuego das.

Da vna sortija a Pimienta.
Alim.   Toma, y ve con aduertencia,
que deues a mi prudencia
el callar yo desta suerte,
y que tengo de vencerte

solo con mi resistencia.

Vaneg. Que dize Alima?

Pim. Que tiene
gusto del rubi, señor,
y porque no lo enagene,
me ofrece al doble el valor,
si a mejor fortuna viene.

A parte.

Alim. No vi jamas tal presteza
en fingir.

Alim. Pues el guardallo,
no serà mucha largueza,

A parte.

no me atreuo a rescatallo
por no mostrar mi flaqueza.

Pim. Lo que Alima pide, harè.

Vaneg. Señor Sargento, bien vè
que perder puede ocasion,
bueluase a su ocupacion;
y plega a Dios que le dè
tanta ventura la suerte,
como esta vez ha tenido.

Pim. Yrè al punto a obedecerte.

Sale Salomon.

Salo. Gloria a Dios, que llego a verte.

Vaneg. O Salomon, bien venido.

A parte.

Pim. Acà ha buelto este Iudio?
quien lo cogiera!

Vase.

Salo. Aqui estàs, bella Alima?

Alim. Dueño es mio el General.

Salo. Que tendràs
presto libertad confio.

Vaneg. Ven, que informarme de ti
me importa.

Salo. Con breuedad,
que he de yrme al punto de aqui.

Vase.

Vaneg. O soberana beldad,

A parte.

defiendame Dios de mi.

Vase.
Alim.

    Ay gallardo General;
que he de hazer? si callo, muero,
dezir mi pena mortal;
es liuiandad, y no espero
que se duela de mi mal:
que su entereza es terrible,
y tengo por inuencible
su modestia y su valor,
sino me matas, amor,
facilita este impossible.

Vase.
Salen Amet, y Azen.
Am.

    Ilustre Azen, Alcayde valeroso,
cuyo poder, cuya esforçada mano
a Marte mismo tiene temeroso.
Quando excediendo al pensamiento
 humano,
sirue Amet Bichalin de cauta espia
en medio del Imperio Castellano.
Y cuando los auisos que te embia,
del Español fabrican el estrago,
y dan fuerça, y defensa a Berberia.
Me das en Bucar tu tan justo pago,
que me prendes el hijo, cuya fama
discurre en su alabança el ayre vago?
Que loco engaño, que furor te inflama,
que assi en quien tiñe de Africa los rios
con la Española sangre que derrama,
fiero executas tus ayrados brios,
ocasionando al noble y al villano
a murmurar tan locos desuarios?
En la mazmorra obscura, que el tyrano
fuero inuentò Marcial, para suplicio
y custodia cruel del vil Christiano,
està preso Muley, que en tu seruicio
mil vezes diò terror a quanto Arturo
y Polux miran en su opuesto quicio?

Y ya que su valor no estè seguro
de tal desprecio, su nobleza alomenos
no deuiera enfrenar tu pecho duro?
Dilo tu, por ventura son mas buenos
en sangre, antiguedad, lustre, y hazañas,
los timbres de los Reyes Sarrazenos?

Az. Basta, Amet, basta; y mira que te
engañas

si piensas que con esse atreuimiento
mi furia aplacas, y a Muley no dañas.
Al mismo Ioue en su estrellado assiento,
si le pierde el decoro a mi grandeza,
mouerà guerra mi furor violento.
Tu hijo me ofendiò; ni tu nobleza
ni tu valor le eximen del castigo,
de inhumano te indicia tu fiereza.

Am. Si al mismo Alà te muestras enemigo,
si su poder blasfemas; que te espanta,
que te refrene tu mayor amigo?
De la amistad sincera la ley santa
enseña a corregir tales errores,
quien no los reprehende, la quebranta.

Az. Quando son los amigos superiores,
son tambien desiguales los respetos,
no los han de reñir sus inferiores.

Am. Has de aduertir que yguala los sujetos
distantes la amistad, si es verdadera;
y assi han de ser yguales los efetos.
Y si tu obstinacion te permitiera
abrir de la razon los claros ojos,
a Muley premio por castigo diera.
Mas tienente tan ciego tus enojos
que la lisonja vil sola te agrada
del propio amor sujeto a los antojos.
Si con lengua tambien precipitada
me pierdes el respeto, viue el cielo
que prueues tu tambien mi mano

Az. ayrada.

Am. Al morabito Amet, a quien el suelo

Adusto

venera, y de quien tiembla el libio

y el Scita de temor mas que de yelo,
se atreuerà a ofender tu Imperio injusto?
conoces el poder y valor mio?
mi heroyco pecho y coraçon robusto?
Pues porque enfrenes el incauto brio
y temas tu ruyna, y la sentencia
dañada mude ya tu pecho impio,
de parte del rigor y la potencia
inexausta de Dios, te exorto y cito,
que de tus culpas hagas penitencia.
A Dios has blasfemado, tu delito
conoce y llora, Azen, perdon le pida
tu poder limitado al infinito.
O veràs breuemente convertida
en humo vil tu indomita braueza
y en polvo leue tu arrogante vida.
Y porque siempre el cuerpo en la cabeza
padece, tocarà a toda tu gente
el castigo tambien de tu fiereza.
Bañada se verà la Africa ardiente
por ti de tanta sangre Sarracena
que a Neptuno las ondas acreciente.

Az.

  Que profetico aliento desenfrena
tus labios? o que espiritu diuino
te informa a ti de mi futura pena?
Si sabes los decretos del destino,
como no has conocido que a mis manos
te traxo por tu mal tu desatino?
Moros, prendelde.

Am.

  Son intentos vanos;
no deues de saber que el poder mio
excede, Azen, los limites humanos.
Yo sacare del concauo sombrio
a mi hijo Muley, y en nuue densa
le veràs nauegar el ayre frio;
y assi sabràs si el cielo recompensa
el justo zelo, honrando y defendiendo
a quien la vida pone en su defensa.

Az.   Prendelde. Que tardais, que estais oyendo

                                   mas locuras?

Saca a Muley de vn escotillon y juntos los dos, vuelan por la tramoya.

Am.   Quien puede tu sentencia

                                 executar en mi, si a Dios defiendo?

Az.   Que gran prodigio! el cielo su inocencia

                                 ampara y con su hijo surca el viento.

Am.   Alcayde, haz de tus culpas penitencia.

Az.   Aguarda, espera, celestial portento.

ACTO SEGUNDO

Sale Pimienta de Moro.

Pim.   Aqui donde esta espessura
del sol jamas ofendida
por opaca me conbida
y por sola me assegura
pues resisto al estatuto
de naturaleza en vano,
sueño, a tu Imperio tyrano
pagarè el comun tributo.

Recuestase.
Salen Azen, y Zayde.
Zay.   Donde vas desesperado
por estos campos?

Az.   Aqui
donde mi gloria perdi,
quiero engañar mi cuydado,
aqui espera mi tormento
hallar su prenda querida,
o que se pierda la vida
donde se perdiò el contento.
Quando a la hermosa Canente
Circe de su bien priuò,
alli donde lo perdiò,
le diò principio a vna fuente.
Y perdiendo el sol dorado
a Dafne ingrata y cruel,
quiso del mismo laurel
andar siempre coronado.
Assi yo, aunque la memoria
me lastima del lugar,
me consuelo con llorar
donde he perdido la gloria.
Ninfas desta fuente fria,
deydades desta aspereza,

30/87

si os mueue agena tristeza,
como no sentis la mia?
Mas tente, que vn Moro veo,
que goza aqui descuydado
de las lisonjas del prado
en los braços de Morfeo.
Dichoso tu, que al tormento
hurtas con tal suspension
la graue juridicion
que tiene en el pensamiento.
Quien puede ser, quien aqui
con tal descuydo se ofrece
al sueño?

Zay.   Noble parece,
porque vn brillante rubi
en el dedo lo pregona.

Az.   Zayde, Zayde, o el desseo
me engaña, o es la que veo,
aquella dorada Zona,
que el breue cielo del dedo
de mi enemiga ceñia.

Zay.   Dicha y desdicha seria,
que si es ella, pensar puedo,
por los indicios, señor,
que le ha dado, por roballa,
muerte a Alima.

Az.   Zayde, calla,
que me matarà el temor;
mirala bien.

Zay.   Es la suya,
por Alà: del blanco azero

Quitale la espada.

le despojarè, primero
que el sueño le restituya
los sentidos, que podria
defendiendose escaparse,
y facilmente ocultarse
en esta selua sombria.

Az.   Prudente preuencion es.
Zay.   Y aun fuera bueno prendello,

Echanle vna liga al cuello.

echandole vn lazo al cuello,

no se nos vaya por pies.

Az.   Bien dizes.

Zay.   Assi assegura
con su prision nuestro intento.

Az.   Temblando està el pensamiento,
de lo mismo que procura;
las nueuas temiendo estoy,
que busco de la que adoro.

Zay.   Ola.

Pim.   Quien, quien es?

Az.   Vn Moro, no lo ves?

A parte.

Pim.   Perdido soy,
sin duda me han conocido,
pues que me han preso; que quieres
de mi?

Az.   Que digas quien eres.

Pim.   Vn hombre soy, que perdido
en este espesso jaral
al cansancio me rendi.

Az.   Como es tu nombre?

Pim.   Piali
de Marruecos natural;
Pimienta le yua a dezir.

A parte.

Az.   A que has passado a esta tierra?

Pim.   Vn hijo perdi en la guerra,
que no puedo descubrir,
aunque todas las fronteras
Españolas he corrido.

Az.   A perro, traydor, tu has sido,
por mas que encubrirlo quieras,
quien la dulce prenda mia
me robò, que este rubi
lo està publicando assi,
que ella en el dedo traîa,
que yo soy Azen villano:
dame a Alima, o moriràs.

Pim.   Pues, Azen, para que estàs
callando tu nombre en vano,
quando yo, Alcayde, he venido,
venciendo al viento, a buscarte,
solamente para darte
nueuas de tu bien perdido?
dame albricias, y sabràs
donde està tu dulce Alima.

Az.   Quantas riquezas estima
el Indio auaro, tendràs
si tu lengua no me engaña
en nueua tan venturosa.

Pim.   Pues, señor, tu Alima hermosa
està cautiua.

Az.   En España?

Pim.   En Melilla, el General
Vanegas es dueño suyo.

Az.   Y yo soy esclauo tuyo,
pues de mi pena mortal
me libras, yo mismo yrè
a rescatalla, mas di,
como vino esse rubi
a tu poder?

Pim.   Traça fue
della, porque ser podria
no creerme tu sin el.

Az.   Pues como al principio, infiel
lo callauas?

Pim.   No queria
que de otro la nueua oyesses,
como no te conoci;
y las albricias, que a mi
son tan deuidas, les diesses.

Zay.   Verdad dize, al parecer.

Az.   Con todo, Zayde, la dudo;
que el Español como pudo
dentro en mi tierra prender
a Alima?

Pim.   Ella me contò,
que andando a caça contigo,

en vn monte, oculto abrigo
de las fieras, se perdio,
y cierto Christiano espia
en trage Moro, que sola
la hallò en el bosque, engañola,
y que a Fez la lleuaria;
le ofreciò, y ella contenta,
que aborrece tu persona:
(si te doy pena, perdona,
a quien la verdad te cuenta;
y conoce que la digo,
en que no te lisonjeo,)
lleuada pues del desseo
de su patria, a su enemigo
se entregò; y el dio con ella
en la frontera.

A parte.
Az.   A enemiga,
como el cielo te castiga
el no sentir mi querella!
Pues como la ingrata agora,
si me aborrece su pecho,
se acuerda de mi?
Pim.   Sospecho,
Alcayde, que ya te adora,
segun las perlas que vi
por sus dos mexillas bellas
llouer de sus dos estrellas,
quando me hablaua de ti:
demas que en la aspera vida
de esclaua, no dudo yo,
que adore lo que perdio
justamente arrepentida,
y ablande ya su rigor,
por verse con libertad.
Zay.   Segun las señas, verdad
te dize en todo, señor.
Az.   Sueltale, Zayde, y su espada
le restituye.
Pim.   Con ella

cobrarè tu amada bella,
si al General no le agrada
darla a rescate.

Az.   Al momento
a Melilla he de partir;
tu, Moro, me has de seguir.

Pim.   Solo seruirte es mi intento;
de buena por Dios sali;

A parte.

no esconder la piedra fue
gran error, mas no pensè
que este desierto, sin mi,
planta humana pisaria:
el ingenio me ha valido,
que al fin el nunca ha sido
perfeta la valentia.

Vase.
Salen Amet, Muley, y otros Moros, y Zeylan.

Zeyl.   Duelete, sino de Azen,
de tu patria desdichada.

Amet.   Por ser de mi tan amada,
Moros, pretendo su bien.
Si està enferma la cabeça,
el cuerpo todo padece;
vuestro Alcayde se endurece
en su barbara torpeza;
tanto que ni mi razon,
ni los portentos que he hecho,
han obligado su pecho
a aplacar la indignacion
de Alà, a quien tiene ofendido
con su blasfema locura;
y assi vuestra desuentura
llorad, o pueblo querido.
Pues por justa recompensa
vuestra sangre ha de inundar
los campos, para lauar
con ella su injusta ofensa.
Que yo no he de verle ya,
ni viuir en su obediencia,

hasta que su penitencia
merezca perdon de Alà.

Zeyl.   Pues, Amet, si tu te ausentas,
quien nos podrà defender?
si tu faltas, no ha de hazer
a Dios mayores afrentas,
y aumentar mas su furor?
tu autoridad solamente
serà el freno conueniente
a su loco y ciego error:
de tu patria, Bichalin,
ten lastima.

Amet.   Amigos caros,
yo lo he de hazer, por mostraros
que vuestro bien es mi fin.

Zeyl.   Danos, pues vida nos das.

Amet.   Alçad, tu a sus ojos,
para euitar sus enojos,
hijo, no bueluas jamas.

Mul.   Oye.

Salen Pimienta de Moro, y Salomon desde el paño, cada vno a parte.

Pim.   Alguna nouedad
A parte.

en el campo ha sucedido.

Salo.   Que sucesso aurà traydo
A parte.

tal gente a tal soledad?

Mul.   Y assi Daraja, señor,
pues por librarme padece
en la prision, bien merece
que la libre tu fauor:
con esso acreditaràs
los milagros de tu ciencia;
y con esso la imprudencia
de Azen amedrentas mas.

Amet.   Bien dizes, libralla quiero,
famoso pueblo Africano,
pues Azen, no como hermano,
mas como enemigo fiero,
tiene a Daraja en prision:

	por daros a conocer
	su injusticia y mi poder
	su delito y mi razon;
	darle libertad intento;
	al cielo bolued los ojos,
	vereys que los rayos rojos
	rompe del sol por el viento.

Sale Daraja, baxa por tramoya al teatro.

Dara.   Que es esto?

Zeyl.   Gran Bichalin,
soberano es tu poder.

A parte.

Pim.   El Moro deue de ser
otro hechizero Merlin.

Mul.   Daraja hermosa, no estès
turbada, pierde el temor;
que efeto fue de mi amor
este milagro que ves.
Mi padre, de quien ya sabes
el mas que humano poder,
aqui te quiso traer
por la region de las aues,
por pagar mi obligacion,
y porque el rigor tyrano
huyas de tu injusto hermano,
saliendo de la prision.

Dara.   Los pies, Bichalin, me dad
por tan alto beneficio.

Amet.   Este es pequeño seruicio
en mi mucha voluntad.
Mas ya que libre te ves,
no bueluas a Bucar, mira
que te amenaça la yra
de Azen.

Dara.   Pisaràn mis pies
antes del Scita inhumano
entre sus flechas el yelo,
y el fuego del libio suelo,
que la tierra de mi hermano.

Amet.   Pues sigue en todo a Muley,

       sin que nada te acouarde,
       Daraja, y Alà te guarde.

Vase.

Dara.   Su gusto serà mi ley:
       donde yremos, dueño mio?

Mul.   Escucha mi pensamiento.

Salo.   No es el que miro el Sargento?
       el es.

A parte.

Pim.   No es este el Iudio?

A parte.

Salo.   O Español valiente, vas
       de buelta a Melilla?

Pim.   Si:
       tu llegas agora aqui?

A parte.

Salo.   A Bucar voy; no sabras
       que va a pedir Salomon
       las albricias de su bien
       al enamorado Azen,
       no hurtes la bendicion.

Pim.   Si al Alcayde vas a hablar
       tarde pienso que has venido.

Salo.   Como?

Pim.   Aurase ya partido
       a Melilla a rescatar
       a su Alima.

Salo.   Triste yo, quien le dio la nueua?

Pim.   Vn Moro,
       a quien mil zequies de oro
       alegre en albricias dio.

Salo.   Yo perdi gran ocasion.

Pim.   Yuas a pedirlas?

Salo.   Si.

Pim.   Pues mas diligente fui,
       no te quexes, Salomon.

Salo.   Pues fuiste tu el mensajero?

Pim.   Fue mi dicha.

A parte.

Salo.   Viue Dios,

pues lo he perdido por vos,
que yo os agarre el dinero.
Supuesto amigo Sargento,
que la ocasion he perdido,
parto, de que tu ayas sido
quien la ha gozado, contento.

Pim.   Eres mi amigo, y lo fio
de ti todo.

Salo.   A Dios te queda,
yo os pescarè la moneda,

A parte.

o no serè buen Iudio.

Vase.
Pim.   O como es bella la mora!
Dara.   Todo tiene inconueniente.
Mul.   No aurà cosa que no intente,
el que como yo te adora.

A parte.
Pim.   La adora el perro? ya empieça
mi coraçon a imbidiar,
que aya vn Moro de gozar
tan soberana belleza.
Pues no ha de ser, viue Dios,
de modo lo traçarè,
si puedo, que presto dè
en Melilla con los dos:
Alà os guarde.

Mul.   Moro amigo,
con bien venido seays.

Pim.   De la aficion en que estays,
a justa piedad me obligo,
que estimo vuestra nobleza,
gran Muley, quando tambien
me ofende el rigor de Azen,
y me mueue esta belleza.
Y assi quiero por agora
prestaros aliuio, en tanto
que piadoso el cielo santo
vuestra fortuna mejora.
Tres leguas de aqui posseo

vna pequeña Alqueria,
tan oculta, que aun el dia
tiene de verla desseo.
Alli aluergaros prometo,
si con menos pompa y fausto,
con lugar menos infausto,
y con regalo mas quieto;
y alli, si el sitio os agrada,
de espacio podreys estar,
y sino, determinar
sin temor vuestra jornada.

Mul.   Con que pagaros podremos
tanto bien?

Pim.   Solo acetallo
es el modo de pagallo.

Mul.   Que dizes?

Dara.   Quando nos vemos,
Muley, en tal soledad
sin remedio, sin amparo,
y afligidos, no està claro
que esta es del cielo piedad?
Donde podremos mejor,
si amor nos ha conformado,
dar fin a nuestro cuydado,
y dar vida a nuestro amor?

Mul.   Pues yo, Daraja querida,
que luz, o que norte sigo,
sino tus ojos? contigo
todo es gloria, todo es vida:
como es tu nombre?

Pim.   Zeylan.

Mul.   Pues, Zeylan, a tu Alqueria
estos dos esclauos guia.

A parte.

Pim.   Que alegres a serlo van?
sus palabras pronostican
su suerte; seguidme pues,
que ya con alados pies
las sombras se multiplican.

Mul.   Ya no temo aduersidad.

Dara. Ya mi esperança logrè.
A parte.

Pim. Yo, perros os quitarè
el gusto y la libertad.

Vanse.
Salen Alima con vn papel y Arlaja.
Alim. A mi gusto està el papel.
Arl. Que intentas?
Alim. Arlaja, amor
es ingenioso inuentor
de traças, y assi con el,
si a mi aficion corresponde
Pedro Vanegas, intento
que exale llamas al viento
el fuego que el pecho esconde.
No ves como calla y sufre
el bronze concauo, lleno
de negra poluora el seno,
los efetos del açufre;
y ves, Arlaja, que al punto
que vna centella le toca,
vomita la ardiente boca
trueno y rayo todo junto?
Pues assi oculta el valor
los amorosos desuelos,
hasta que el fuego de zelos
toca al alquitran de amor:
porque entonces encendido
el pecho en furor ardiente
rebienta mas impaciente,
quanto fue mas oprimido.

Arl. Segun esso tu sospechas
que te quiere el General.

Alim. O al amor conozco mal,
o le han herido sus flechas.
Que aunque encubre sus enojos,
y reprime su passion,
el fuego del coraçon
da centellas a los ojos:
y assi intenta mi cuydado,

por no viuir tan dudoso,
que me descubra zeloso,
lo que calla enamorado.
A la orilla desta fuente
acostumbra venir solo,
quando sus rayos Apolo
esconde en el occidente;
y aqui mi amor quedarà
de sus dudas satisfecho;
dexame sola, que el pecho
me dize que viene ya.

Arl.   Como te dio la hermosura,
la suerte el cielo te dè.

Vase.

Alim.   Oy por lo menos sabrè
mi desdicha, o mi ventura.
Mas ya viene el General;
dormida me he de fingir,
que assi podrà descubrir
el su amor y yo mi mal.

Recuestase con el papel en la mano.
Sale Vanegas.

Vaneg.   Huyendo de la crueldad
de mi proprio pensamiento,
salgo a dezir mi tormento
a esta muda soledad,
por ver si assi mi passion
vn pequeño aliuio siente,
acrecentando esta fuente
lagrymas del coraçon.
Mas que es esto? no estoy viendo
la ocasion de mi cuydado?
donde el remedio he buscado,
hallo el fuego en que me enciendo?
durmiendo està la hermosura,
de amor glorioso trofeo;
que los braços de Morfeo
merezcan tanta ventura?
Huye el peligro que ves,
coraçon, intento es vano,

que me ha puesto amor tyrano
dos montañas en los pies.
No ay razon, no ay fortaleza,
resistencia ni valor,
contra el Imperio de amor,
y el poder de la belleza.
Mas con la mano de nieue
competir quiere vn papel;
y ya en mi pecho con el
zelosa batalla mueue.
Verlo quiero, por ventura
hallarè algun desengaño,
que ponga fin a mi daño,
y remedio a mi locura,
que aunque el amor es tan cierto
que con zelos se acrecienta,

Tomale el papel.

        tal vez la misma tormenta
da con la naue en el puerto.

Alim.   Bueno va.
A parte.
Vaneg.   Ni està firmado,
A parte.

ni es la letra de muger.

Alim.   El papel quiso leer,
A parte.

señal que le dà cuydado.

Lee Vanegas.
Papel.   Segun me siento obligado,
Alima, de tu fauor:
te diera el alma, si amor
no te la huuiera entregado:
mas si vn pecho enamorado
por paga deue tener
ser querido de querer:
en mi firmeza veràs,
que aunque me quisieras mas,
me quedas mas a deuer.

A parte.
Vaneg.   Quien puede ser, ay de mi,

el que tan dichoso ha sido?
que ay quien aya merecido
que Alima le quiera?

Alim.   Si.
A parte.
Vaneg.   Si, dixo mi hermoso dueño,
dormida en mi mal ha hablado;
porque contra vn desdichado
aun dize verdad el sueño.
Pues sin despertar responde:
lo demas le he de escuchar,
que el sueño suele explicar
secretos que el alma esconde:
amas, bella Alima?

Alim.   Si.
Vaneg.   Y eres amada?
Alim.   No se.
Vaneg.   Y en quien pusiste la fe,
dudando la suya?

Alim.   En ti.
Vaneg.   Y quien soy yo?
Alim.   Mi señor.
Vaneg.   Pues quien te escriuio vn papel,
mostrandose de ti en el
fauorecido?

Alim.   Mi amor,
Despierta.

ay de mi, quien es?
Vaneg.   Tu dueño.
Alim.   Señor.
Vaneg.   Oyendo te he estado,
lo que dormida has hablado.
Alim.   Defeto es ya, que en el sueño
suelo padecer; y assi
para encubrirlo desseo
la soledad, y a Morfeo
me entreguè por esso aqui.
Vaneg.   Y que soñauas?
Alim.   Locuras.
Vaneg.   Dimelas por vida mia.

Alim.　　　　　　　　　Algo siente pues porfia,
A parte.

a que fin saber procuras
disparates è ilusiones?
Vaneg.　　　　　　　　Por ver si lo que soñauas,
conforma con lo que hablauas.
Alim.　　　　　　　　　Pues tal gusto en ello pones,
a obedecerte me inclino.
Soñaua que me querias,
y que tu amor me encubrias;
mira que gran desatino.
Vaneg.　　　　　　　　No puede ser?
Alim.　　　　　　　　　Ni yo creo
que merezco que me quieras,
ni que, quando me quisieras,
me encubrieras tu desseo,
siendo tu esclaua.
Vaneg.　　　　　　　　Es verdad,
mas pudiera otra ocasion
con precisa obligacion
oprimir la voluntad.
Amor no me aprietes mas,

A parte.

que el valor me desampara.
Alim.　　　　　　　　　Si agora no se declara,
A parte.

no espero vencer jamas.
Vaneg.　　　　　　　　Prosigue.
Alim.　　　　　　　　　Tambien, señor,
soñaua que te queria,
y que mi amor te dezia,
que disparate mayor!
Vaneg.　　　　　　　　Porque?
Alim.　　　　　　　　　Porque no es razon
que la muger, aunque muera,
se arroja a ser la primera
en descubrir su aficion,
que el hombre deue primero
dar cuenta de sus pesares.
Vaneg.　　　　　　　　Digo yo que te declares?

Alim.	Y digo yo que te quiero?
Vaneg.	Pues digo yo que me quieras?
Alim.	Y yo digo por ventura
	que lo has dicho?
Vaneg.	Era locura
	muy grande que me quisieras?
Alim.	Siendo querida de ti,
	fuera dichosa mi suerte?
Vaneg.	Luego si diesse en quererte,
	me amaras?
Alim.	Pienso que si.
Vaneg.	Y sino?
Alim.	No te quisiera.
Vaneg.	Pues està en tu voluntad
	del amor la potestad?
Alim.	El encubrirlo estuuiera.
Vaneg.	Pues como dixiste agora
	que me amaras, si te amara?
Alim.	Porque tu amor me obligara,
	que el ser amado enamora.
Vaneg.	Haz cuenta que por ti muero.
Alim.	Haz cuenta que te lo pago.
Vaneg.	De esso no me satisfago.
Alim.	Como me quieres, te quiero.
Vaneg.	Como te quiero, me quieres?
Alim.	Otra vez digo que si.
Vaneg.	Luego si muero por ti,
	es cierto que por mi mueres?
Alim.	Digo que si.
Vaneg.	Pues hablar
	podemos claro los dos:
	yo te adoro.
Alim.	Gloria a Dios
	que llegamos al lugar.
Vaneg.	Venciste, Alima.
Alim.	Venciste, General?
Vaneg.	Oxalà fuera
	tu aficion tan verdadera!
Alim.	Pues qual indicio resiste
	al amor que ya mostrè?

Vaneg.   No dudo, enemiga, en vano,
                                  que este papel en tu mano

Tocan a rebato.

                                  niega en tu pecho la fe;
                                  mas a rebato han tocado.
Alim.   Oye la verdad.
Vaneg.   Recelo,
                                  que me engañas, pues el cielo
                                  a tal tiempo lo ha estoruado.
Alim.   Luego dudas mi amor?
Vaneg.   Si.
Alim.   Y yo el tuyo pues te vas,
                                  y muestras que puede mas
                                  tu honor, que mi amor en ti.

Vanse, y salen Pimienta de Moro, y Daraja y Muley.
Pim.   El breue espacio que resta
                                  del camino es tan fragoso
                                  por la copia de peñascos,
                                  jarales, ramas y troncos,
                                  que serà fuerça aguardar
                                  la mensajera de Apolo,
                                  que de las sendas informe
                                  con sus rayos nuestros ojos.
                                  Y pues ya al cansancio pide,
                                  que deys al cuerpo reposo,
                                  aqui puede a los cuydados
                                  hurtar instantes el ocio.
Mul.   Bien dize, Daraja mia,
                                  descansen tus pies hermosos,
                                  antes que de inuidia heridos
                                  den purpura a los abrojos.
Dara.   Contigo, amado Muley,
                                  no ay cansancio, gloria es todo,

Recuestanse todos.

                                  que en su curso natural
                                  no se cansa Febo hermoso.

A parte.
Pim.   Que tiernos estan los perros!
                                  no temen lo que dispongo;
                                  fingir me quiero dormido.

                    Siguiendo con passos sordos
                   vengo a Pimienta, por ver
                   si puedo pescalle el oro:
                   alto parece que han hecho;
                   si, la maleza del soto
                   y obscuridad de la noche
                   pone a su jornada estoruo.
                   Mucho han andado, y vendran
                   cansados; y assi es forçoso
                   que el sueño los haga yguales
                   a estos insensibles troncos;
                   esta es la ocasion que busco;
                   llegareme poco a poco,
                   pues mis passos de los ramos

Tienta a Muley y Daraja.

                   encubre el ruydo ronco:
                   este, supuesto que al lado
                   tiene a Daraja, es el Moro:

Tienta a Pimienta, ronca Pimienta.

                   este es el Sargento, si:
                   pese a tal, y que del todo
                   transportado el contrapunto
                   lleua roncando a los olmos!
                   Matarele? no, que armado
                   està siempre, y riesgo corro,
                   si al primer golpe no muere,
                   que en fuerça y valor es monstruo.
                   Mejor serà, pues que tiene
                   los sentidos tan remotos,
                   sin auenturar la vida,
                   pillarle el rubio tesoro.

Tientale la faltriquera.

                   Aqui tiene el lobanillo,
                   curareselo; vosotros
                   mis dedos, seruid de pinzas
                   en esta postema de oro:

Mete la mano en la faltriquera, dà vn ronquido Pimienta.

                   quedito, que muda el son
                   el tañedor, y es forçoso

mudar el bayle, ya buelue
a seguir el primer sono,
y yo le bueluo a baylar;
valgame Dios, y que hondo
està este mundo!

Pim.   Quien es?
A parte.

Salo.   Todo lo he puesto del lodo.
Pim.   Quien es?
Salo.   Salomon, Sargento.
A parte.

Pim.   A vil traydor.
Salo.   Cuydadoso
de verte con estos dos
Africanos venir solo,
bolui a seguirte; y agora
que ya el sueño poderoso
los ocupa, lleguè a ver
si a tus intentos importo.

A parte.
Pim.   Ya os entiendo; el beneficio
de tu amistad reconozco,
y los secretos del pecho
me has adeuinado.

Salo.   Como?
Pim.   Para cautiuarlos, traje
engañados estos Moros,
y por cogerlos dormidos,
los engolfè en este soto.

Salo.   Pues tu valor necessita,
para hazerlo, de esse modo?

Pim.   Porque mientras ato al vno,
no se me escapasse el otro,
y por cogerlos mas lexos
de su tierra y el socorro;
assi lo traçè, y pues tu
me ayudas, ya me dispongo
al efeto, y partiremos
los dos el rescate.

Salo.   En todo te he de obedecer.

Pim.   Pues tu
prende a Daraja, y yo al Moro.
Hazenlo assi.
Mul.   Que es esto?
Pim.   O no te defiendas, o moriràs.
Atanlos con las ligas las manos atras.
Mul.   Deste modo
guardas la fe, a quien de ti
se fiò, Moro engañoso?
Pim.   Si de vn Moro os confiastes,
quexaos de mi, si soy Moro;
pero si Christiano soy,
formad quexa de vosotros.
Dara.   Ay de mi, Muley, que es esto?
Mul.   Daraja, vendidos somos.
Dara.   A Mahoma.
Pim.   A que buen santo pide fauor.
Salo.   Esse tonto,
que vedò el vino, en que puede
ser a nadie prouechoso?
Pim.   Si lo vedò, Salomon,
fue por beuerselo todo,
porque era vn gentil borracho.
Salo.   No fue el arriero muy bouo.
Mul.   A Mahoma, tal consientes?
Pim.   Atemoslos a este tronco.
Atanlos a vn tronco.
Salo.   Que intentas?
Pim.   Veràslo presto.
Mul.   A cielos poco piadosos,
para mayores desdichas
por las esferas de Eolo
salimos de la prision?
Salo.   Yo bueluo rico y dichoso
con esta presa a mi patria,
que no darè, lo que toco
de mi parte, en mil zequies;
esto es hecho.
Pim.   Aun no estan todos atados.
Salo.   Quien falta?

Pim.   Ebreo,
de lo ageno cudicioso:
que buscauan vuestras manos
en mis faltriqueras?
Salo.   Solo
conocerte en el vestido
era mi intento.
Pim.   Engañoso,
no os han de valer enredos.
Salo.   Plega a Dios, si fueron otros
mis fines.
Pim.   No resistays,
sino pretendeys, que roto

Atale las manos atras.

el pecho, la sangre vuestra
riegue los pies a estos chopos.
Salo.   Guay de mi.
Pim.   Piadosa pena
doy a vuestro intento loco,
pudiendo daros la muerte.
Salo.   Yo confiesso que el demonio
me engañò; pero perdona
lo que arrepentido lloro.
Pim.   Llegaos aqui.
Salo.   Que pretendes?

Atale a vn tronco.

Pim.   El castigo serà poco.
Salo.   El quiere matarme a açotes;
à Pimienta de mis ojos,
muestra el valor Español,
en perdonar.
Pim.   Ya os perdono
la vida, mas quedareys
atado a este leño coruo,
hasta que venga el Messias
a libraros.
Salo.   Riguroso
te muestras, quieres que sea
pasto aqui de hambrientos lobos?
Pim.   Ojalà lo fueran quantos

a tu ley viuen deuotos,
huuiera menos logreros?
pero ya el Planeta intonso
por crepusculos de nacar
presta al alua rayos de oro;
empeçad a caminar,
y tened paciencia, Moros.

Dara.

    Que en vn Español cupiesse
tan gran traycion!

Vase.
Mul.

    Yo estoy loco.

Vase.
Pim.

    Ardides son de la guerra,
la Morilla es como vn oro.

Vase.
A parte.
Salo.

    Pimienta, Sargento mio,
vozes doy al ayre vano,
aqui diò fin el Iudio.
Madres las que paris hijos,
no los parays, si podeys,
porque verlos escuseys
en tormentos tan prolijos.
Aqui el triste pecho mio
darà su sangre a vna fiera,
si ay fiera acaso, que quiera
tener sangre de Iudio.
O ya con hambre impaciente
poco a poco al fin cruel
llegarè, dichoso aquel
que se muere de repente.
A Pimienta, quien te viera
como yo estoy afligido!
esto es hecho, que el ruydo
siento hàzia alli de vna fiera.
Mas pienso que el temor hizo
en mi tal efeto ya,
que comer no me podrà,
sino tiene romadizo.

Sale Rodrigo de cautiuo Christiano.

Rod.   Humanas vozes he oydo.

Salo.   Ay triste.

Rod.   Vn hombre està alli.

Salo.   Ya se acerca; mas de mi
el cielo se ha condolido,
que es hombre, tened piedad,
amigo, de vn desdichado,
que dexò a este tronco atado
de vn Christiano la crueldad.

Rod.   Soys Moro?

Salo.   En Grecia naci,
la ley sigo de Moysen.

Rod.   Pues el Christiano hizo bien;
no por bueno os dexò assi.

Vase.

Salo.   Pues sin desatarme, os vays?
no lo hiziera yo con vos,
bolued si quiera por Dios,
si es que su nombre estimays.
El se fue, ya desconfio
del remedio, ay desdichado,
no puede ser vn honrado
en estos tiempos Iudio.
Mas el buelue, o el desseo
me engaña, tened amigo
piedad de mi; mas que digo?
que es vn Leon el que veo.

Vn Leon llega a Salomon, el se buelue, y tira coces.

Muerto soy, a mi se llega;
no tuuiera Salomon,
cielo, en tan fuerte ocasion
patas de moça Gallega!

Vase el Leon.
Sale Rodrigo.

Rod.   Que es esto? sin seso està,
que estàs haziendo, Iudio!

Salo.   Tu estàs aqui, señor mio?
llega, desatame ya.

Rod.   Porque por Dios lo pediste,

bolui a socorrerte.

Salo.   El cielo
te libre del desconsuelo,
que ausentandote, me diste.

Rod.   Mas si verte libre quieres,
primero palabra y mano
me has de dar de ser Christiano.

Salo.   Serè lo que tu quisieres;
mas tu quien eres, que dàs
indicios de ser de España?

Desatalo.
Rod.   Del traje que me acompaña,
mi suerte saber podràs,
de España y Christiano soy,
cautiuo en Africa he estado
tres años, y rescatado
agora a mi patria voy,
perdime en esta espessura
por tu bien.

Salo.   Guardome el cielo,
si las sendas deste suelo
no sabes, por tu ventura
me encontraste, que yo voy
a Melilla.

Rod.   Yrè contigo.
Salo.   Seguro vienes conmigo,
à Pimienta, libre estoy.

Rod.   Vamos pues.
Salo.   Tu historia cuenta;
cielos, pues desta escapè,
sin especias comerè,
por no comer con Pimienta.

Vanse.
Salen Vanegas, y vn soldado.
Vaneg.   Que el mismo Alcayde ha venido
al rescate?

Sold.   Si, señor.
Vaneg.   Es fineza de su amor;
luego essos Moros han sido,
los que descubriò la espia,

que el rebato causò ayer?

Sold.   Gran gente deue de ser,
la que trae en su compañia.

Vaneg.   Si viene de paz, en vano
ha passado diligente
la noche entera mi gente
con las armas en la mano.

Sold.   Tan malas se las dè Dios,
como el nos la ha dado, amen.

Vaneg.   Entre en el castillo Azen.
Sold.   Y su gente?
Vaneg.   Solos dos le acompañen.
Sold.   La respuesta voy a lleuarle.
Vase.
Vaneg.   Ya veo,
mi Dios, que el injusto empleo
de mi intencion deshonesta
impedis; pues dixe apenas
a la Mora mi aficion:
quando el beligero son
me hizo ocupar las almenas:
y antes que boluiesse a hablalla,
vuestro saber ha ordenado
que a Melilla aya llegado
el Alcayde a rescatalla.

Sale Azen.
Az.   De España gloria y blason,
Alà te guarde.
Vaneg.   Con bien
vengas, valeroso Azen.
Az.   Fuera de que esta ocasion
ha desseado, y estima
mi pecho por ofrecerte
firme amistad? a traerte
vengo el rescate de Alima;
mucho deues de estimalla,
pide gran suma, y veràs,
General, que tardas mas
tu en pedilla, que yo en dalla.
Vaneg.   Ella viene.

Sale Alima.
Alim.
          No permita
el cielo, Azen, que a tus manos
buelua yo; de los Christiarios,
del Persa, el Medo y el Scita,
fuera victima, primero
que Reyna en tu compañia.

Az.
          Tanto, hermosa prenda mia,
te ofendo, porque te quiero?
que por no pagar mi amor,
a ti misma te aborrezcas?

Alim.
          Quando vn diamante enternezcas,
ablandaràs mi rigor.

Az.
          Para que aguardo tu gusto?
conforme a ley Militar
me la deues entregar,
dandote su precio justo,
General; o estas fronteras
veràn en breues instantes
de mis lunas tremolantes
las Africanas vanderas.

Vaneg.
          Alima, tu intento yerra;
que yo te deuo entregar
al rescate, por guardar
las leyes de buena guerra:
tanto como porque assi
euito la que amenaça
hazer a esta fuerte plaça
el Alcayde; que aunque en mi
no cupo jamas temor,
de su quietud el cuydado
tiene mi Rey encargado
a mi lealtad y valor.

A parte.
Alim.
          A falso, no es firme amante,
quien tan couarde se muestra;
tambien es en la ley vuestra
fuero inuiolable y constante,
que al rescate no se dè,
el que quiera ser Christiano.

Vaneg.   Esso es llano.
Alim.   Pues si es llano,
de Christo adoro la Fè.

Vaneg.   Que dizes?
Alim.   Que el Catechismo
Romano sigo, y condeno
el Alcoran Sarraceno,
y pido el santo Bautismo.

Az.   Esto mas, cielo?
Vaneg.   No, Alima;
las circunstancias que veo,
me muestran que no es desseo
verdadero, el que te anima,
sino cauteloso intento,
porque Azen no te possea;
y mi ley manda que sea
voluntario el mouimiento,
del que quiere ser contado
en el gremio de su fe,
y en ti, aunque niegues, se vè
que esta ocasion te ha forçado;
y assi, Alima, determino
entregarte.

Alim.   General,
tu argumento fundas mal,
y prouartelo imagino,
con diuersas ocasiones
de temores y portentos,
de assombros y de escarmientos
mueue Dios los coraçones,
a conocer lo perfeto,
y buscar su saluacion;
violentos los medios son,
mas voluntario el efeto.
Que no todas vezes tiene
principio en si este desseo,
antes las mas, segun creo,
de causa extrinseca viene.
Que a los cautiuos Christianos
de quien siempre me serui,

de vuestro Dios les oî
mil efetos soberanos.
Vosotros no llamays santo
a vn Pablo, que oyò en el viento
vna voz, con cuyo accento
fue tal su medroso espanto,
que dexò su ley primera,
y la vuestra professò?
por ser de temor, dexò
de ser su fe verdadera?
Luego en mi bien puede ser
el gran aborrecimiento
que tengo a Azen, instrumento
de que vsa Dios, para hazer
esta cierta conuersion;
de mas que a los hombres toca
juzgar solo por la boca,
y a Dios por el coraçon.
Que sabes tu si mi pecho
siempre a tu ley se inclinaua,
y viendo que me faltaua
resolucion para el hecho,
quiso Dios con tal sucesso
obligarme a declarar?
el hombre no ha de juzgar
lo oculto, sino lo expresso.
Yo digo firme y constante
que es Christo autor de la vida,
y quiero ser admitida
en la Iglesia Militante.
Si con lo que afirmo aqui,
me das a los enemigos
de tu ley, harè testigos
a los cielos contra ti.
Soldados, los que seguis
el Catholico estandarte,
y del crucifero Marte
en la milicia viuis,
sed testigos de que quiero
ser Christiana, y de que el nombre

de Christo adoro, por hombre
y Dios solo y verdadero.
Y que vuestro Capitan
por temor de Azen me obliga,
a que buelua, donde siga
el error del Alcoran.

    Que esto sufra tu poder,
Mahoma?

Az.

Vaneg.
    Mi Dios, aqui
me dad fauor, que de mi
sacrificio os he de hazer;

escucha, Alima.

Alim.
    Que quieres?

Vaneg.
    Si es, el tenerme aficion,
de esse intento la ocasion,
desengañate, y no esperes
correspondencia jamas:
que si por dicha sospechas
que me han herido tus flechas,
engañada, Alima, estàs.
Todo fue burla y ficcion
quanto dixe; y quando fuera
cierto mi amor, no pudiera
dar efeto a mi aficion,
siendo Mora y yo Christiano:
ni Christiana, por pensar
que quieres serlo, por dar
remedio a tu amor tyrano.
Con esto si en tu mudança
obra amor, y no verdad;
no impida tu libertad
essa impossible esperança.

Alim.
    Necio estàs de confiado:
luego tu te has persuadido,
ni que tu amor he creydo,
ni que mi amor te he entregado?
como me quieres, te quiero;
te dixe, y pues yo sabia
que tu pecho lo fingia,

no fue mi amor verdadero;
y assi tu sospecha es vana,
que mi libre voluntad,
trueca Mora libertad
por esclauitud Christiana.

Vaneg.   Afirmaste en esso?
Alim.   Si.
Vaneg.   Pues Dios me dè su fauor;
que la vida y el honor
es poco arriesgar por ti,
pues el muriò por saluarte,
ya, Azen, has visto mi pecho,
y que por seruirte, he hecho
quanto pude de mi parte.
Mas tu la resolucion
de Alima has visto; y assi
el no entregartela, en mi
es precisa obligacion.

Az.   Tu quieres que los alfanjes
de la region Africana
le den mas sangre Christiana
a Neptuno, que agua el Ganjes?
quieres por vna muger
perder la vida y honor?

Vaneg.   Moro, yo tengo valor,
que no teme tu poder;
y aunque toda la Berberia
venga talando y rompiendo,
la causa de Dios defendiendo,
el defenderà la mia.

Az.   Pues presto boluerè a verte
con mas Moros, que vè el sol
atomos.

Vaneg.   Vn Español
a todos dara la muerte.

Az.   Tu, cruel, presto has de estar
en mi poder.

Alim.   Ya te espero,
que por lo mal que te quiero,
yo misma te he de matar.

ACTO TERCERO

Salen Vanegas, y Arellano.

Vaneg.	Este cuydado me tiene
	desuelado.
Arel.	Con razon;
	mas pues toda la legion
	de tus soldados conuiene,
	en que es justo defender
	a Alima; pierde el cuydado,
	pues queda bien aprouado
	con esso tu parecer.
Vaneg.	Ya he escrito a su Magestad
	sobre el caso, y quiero agora
	de la intencion de la Mora
	aueriguar la verdad.
	En esta fuente, que al mar
	las blancas orillas laua,
	con otras la hermosa esclaua
	fue venirse a parlar.
	Y entre estas ramas oculto
	quiero oyr lo que platica,
	y ver si a Dios sacrifica
	verdadero y firme culto.
	Que si descubre que es vano
	y engañoso fingimiento,
	por mas que proteste, intento
	darla al punto al Africano.
Arel.	Es preuencion conueniente.
Vaneg.	Ya comiençan a venir.
Arel.	Pues voyme, por no impedir
	lo que has traçado.
Vaneg.	Detente;
	que antes quiero que conmigo

te escondas tambien, y veas
el sucesso, porque seas,
si nos, engaña, testigo.

Retiranse.
Sale Daraja.
A parte.
Dara.

    Sin efeto solicitas
mi mal, fortuna, y mis quexas,
puesto que a Muley me dexas,
si la libertad me quitas;
piadosa fue tu crueldad,
que entre las glorias de amor
ni me ofende tu rigor,
ni lloro mi libertad.

Sale Pimienta.
A parte.
Pim.

    Tanto del amor vencido
me falta ya la paciencia,
quanto de la resistencia
desta barbara corrido.
La soledad mi intencion
fauorece, llegar quiero,
que pechos vence de azero
la porfia y la ocasion.

A parte.
Vaneg.

    Esta es Daraja, y tras ella
viene el Sargento, su intento
presumo, porque el Sargento
es laciuo, y ella es bella;
pesaràme, si es assi,
que este su fragilidad
entienda: con breuedad
buscad a Alima, y aqui;
dezid, que la està aguardando
Daraja.

Arel. A seruirte voy.
Vase.
Pim.

    Mora, si ves que me estoy
en tu aficion abrasando.

A parte.

Vaneg.   Ved si me engañè.
Dara.   A cansarme
buelues, Sargento, de nueuo?
tan buenas obras te deuo,
que esperas que has de obligarme?
Pim.   La libertad te quitè,
enamorado de ti,
por gozarte, y siendo aqui
pagado, te la darè.
Traça fue de amor, no injuria,
mi cudicia fue aficion,
amanse tu coraçon,
Mora, la enojada furia:
y libertad gozaràs;
y juntamente contigo
a darla a Muley me obligo.
Dara.   A buen precio nos la das;
afrenta de los Christianos,
no te canses, que primero
me daràn con duro azero
la muerte mis propias manos.
Pim.   Mueuete ya.
Dara.   Antes de aqui
estos montes se mouieran.

A parte.
Pim.

                Que honrada Mora! no fueran
las Españolas assi!
mira que estoy abrasado;

Arrodillase.

mueuate mi justo ruego.

A parte.
Vaneg.   Lo que puede el amor ciego;
que es esto?

A parte.
Pim.

                Soy desdichado;
a persuadilla me ayuda,
ya que a buen tiempo has venido;
arrodillado le pido,
que pues proposito muda,
y pide bautismo Alima,

se conuierta ella tambien;
que obliga a quererla bien
y ver su error me lastima.

Dara.   Ay hombre mas engañoso?
señor.

Vaneg.   El credito en vano
le quitas; porque vn Christiano
Español y valeroso
no puede engañar: que agrauio
te ha hecho, en aconsejarte
lo que tanto ha de importarte,
para que intente tu labio
con indignacion ygual
vengarse del ofendido?

Pim.   Parece que le he pedido
algo que a ella le estè mal.

Dara.   Oye.
Vaneg.   No me digas nada, vete.
Dara.   Con el poderoso,
siempre el engaño es dichoso,
y la verdad desdichada.

Vase.
A parte.
Pim.

    Que siempre me ha de coger
assi el General? yo creo
que es sombra de mi desseo;
bueno quedara, a no ser
en fingir tan ingenioso.

Vaneg.   Por la guerra que amenaça
el Moro Azen a esta plaça,
Sargento, serà forçoso
que al punto a Bucar partays
a vuestro oficio de espia:
y que de alli cada dia
auisos me remitays,
sin que hasta el fin del sucesso
salgays de ella.

A parte.
Pim.   Que rigor,
quando abrasado de amor

de Daraja pierdo el seso!
Mas aun bien, que mi desseo
siempre tan facil ha sido,
que ausente luego me oluido,
y amo solo, quando veo.
Dissimular me conuiene,
pues resistir es en vano.

Vaneg.   El Alferez Arellano
os acompañe, que tiene
valor, y el idioma sabe
Arabigo, porque el quiero
que sirua de mensajero
en negocio que es tan graue;
y el Iudio Salomon
algunas vezes podrà
serlo tambien.

A parte.
Pim.   Sino es ya
excremento de vn leon.

Vaneg.   Partanse luego.
Pim.   Vn momento
no tardaremos los dos
en obedecerte.

Vaneg.   A Dios,
y otra vez, señor Sargento,
puesto que de Christo adora
las eternas marauillas,
no se ponga de rodillas
a conuertir otra Mora.

Vase.
Pim.   Sin duda entendio mi intento,
por buen modo me ha reñido,
sin darse por entendido
de mi loco pensamiento.
Mas obras son de amor ciego;
no aurà quien dello se admire,
o la primer piedra tire,
quien no ha sentido su fuego.

Vase, y salen Salomon y Rodrigo.
Salo.   Ya cubren los verdes campos

los esquadrones Marciales,
y ya las templadas caxas
dan ronco estruendo a los ayres.
Espejos prestan al sol
los azeros relumbrantes,
y al suelo dan primaueras
los vistosos tafetanes.

Rod.   Y contra quien apercibe
sus armas el fiero Marte?

Salo.   A Melilla va a cobrar
su amada Alima el Alcayde;
mas han de darse primero
la batalla en este valle,
el y Abenyufar, vn Moro
de Fez, que de Alima es padre,
porque Azen se la robò,
y dello viene a vengarse,
de su Rey fauorecido,
con quien mas que todos vale.

Salen Azen con Moros y caxas por vna parte, y por otra Abenyufar con Moros y caxas.

Az.   Oyeme atento primero,
Abenyufar, que a vengarte
brille del ayrado Marte
desnudo al sol el azero.
No juzgues graue el error
de auer a Alima robado,
si alguna vez te ha tocado
el loco incendio de amor,
disculpar deue mi intento
tambien la ofensa amorosa,
pues me fue hazerla mi esposa
el fin de mi atreuimiento.
Y si en dichosa ygualdad
no es dueño ya de mi mano,
culpa su rigor tyrano,
no mi firme voluntad.
Prouada està mi intencion,
si el tiempo que la he tenido
en mi tierra, la he seruido

con tan alta estimacion,
que nunca a su honestidad
se ha atreuido mi desseo,
hasta que en dulce hymeneo
posseyera su beldad.
Agora, Abenyufar, pues,
que ella està en poder ageno,
y para cobralla ordeno
el exercito que ves;
de que seruirà perder
las fuerças de nuestra tierra,
si la causa de la guerra
queda en ageno poder?
Quanto es mejor que juntemos
los campos, y breuemente
cobre a Alima nuestra gente,
y a Melilla conquistemos?
que cumplida esta esperança,
podrà si mi amor no estima,
ni me da la mano Alima,
tomar la tuya vengança.

Azen, por auer creydo
que era tu amor deshonesto,
el bruñido arnes me he puesto,
y el coruo alfanje he ceñido,
que es dificil de creer,
que quien a Alima robò,
quien la ocultò y conquistò
sin defensa y con poder,
ni a su honor y honestidad
el decoro aya perdido,
ni con mano de marido
venciesse su voluntad.
Y mas quando ella en tu mano
gana tanto; pero ya
que como dizes, serà,
el hazerte guerra, en vano,
por estar la causa hermosa
cautiua, y tu amor dessea
cobralla, para que sea

en paz tu adorada esposa;
por esso, y por lo demas
que alegas, de tu delito
dilato, que no remito
la pena, mas no podras
librarte della, si Alima
niega, lo que has dicho aqui,
y està ofendido de ti
el honor que tanto estima.

Az.   Si lo negare, me obligo
a la pena de mi excesso.

Aben.   La mano te doy con esso
de aliado, no de amigo,
mientras no me satisfazes.

Az.   Presto veràs mi verdad.

Aben.   Pues a Melilla marchad;
treguas hago, que no pazes.

Vase y su gente.
Salen Pimienta y Arellano de Moros.

Pim.   Gran exercito ha juntado
el Moro.

Arel.   Y pues le acompaña
el de Fez, a toda España
puede poner en cuydado.

A parte.

Salo.   El Sargento es el que miro,
y el Alferez, viue Dios,
pues me la deuen los dos,
que no han de hazerme otro tiro.
Famoso Alcayde, el Christiano
que robò a Alima, es aquel;
y el otro que està con el,
el Alferez Arellano.

Az.   Pagaràn las penas mias
con las vidas, viue Dios;
Moros, matad a essos dos,

Acuchillanlos.

que son Christianos espias,

Pim.   Vendidos somos, valednos,
Madre de Dios.

Az.   Dos Christianos
se os defienden, Africanos?
Arel.   Virgen santa, socorrednos.
Sale Amet.
Amet.   No lo mateys, deteneos.
Az.   Tu me resistes?
Amet.   Azen,
solo a disponer tu bien
se encaminan mis desseos.
Y te he dicho ya otras vezes
que irritas el santo cielo
en tu daño, quando el suelo
con sangre humana humedeces:
prendelos, y no los mates.
Az.   Ya me enfadan tus porfias,
cansan tus hechizerias,
y ofenden tus disparates.
Tu los defiendes? que ley
te obliga, Amet, si estos son
por quien estan en prision,
Daraja, Alima, y Muley?
Amet.   Bien pudieras auer visto,
la verdad que afirmo, en esso,
pues viendo a mi hijo preso,
a la vengança resisto.
Y assi quiero persuadirte
que no les des muerte, mira
que irritas de Dios la yra,
y tarde has de arrepentirte.
Az.   Esso mismo mi furor
aumenta, y yo con mis manos
he de matar los Christianos;
veràs que es vano temor,
el que te acouarda.
Arel.   Ya
no me puedo defender.
Vale a dar Azen, y bueluese Arellano en arbol por tramoya.
Az.   Librete de mi poder,
si desto se ofende, Alà;
mas que es esto, cielo ayrado?

                    hasta en esto me hazeys guerra?

Salo.   O le ha tragado la tierra,
o en arbol se ha transformado.

Amet.   Mira agora si te engaño.

Az.   Todas son hechizerias
tuyas.

Amet.   Tus locas porfias
van maquinando tu daño.

Moro.   En vano de vn campo entero
quieres solo defenderte.

Pim.   A perros.
Vase.

Az.   Ni le deys muerte
tan breuemente, que quiero
que se la den mil tormentos.

Amet.   De tan poco fruto han sido
en tu pecho endurecido
persuasiones y portentos?

Az.   Ni me acouarda tu encanto,
ni al cielo enojado temo.

Amet.   Enfrena el furor blasfemo,
con que a Dios ofendes tanto;
mira que te sufre, no
porque su inmenso poder
no te pueda deshazer,
tambien como te formò,
sino por ser su creatura,
que al fin como padre intenta,
mas que castigar su afrenta,
dar remedio a tu locura.

Az.   Amet, si su omnipotencia
solicita mi remedio,
no ha sido acertado medio
apurarme la paciencia,
priuandome de mi Alima:
no me prediques en vano;
muera el infame Christiano
en esta profunda cima
rabiando, como yo rabio,
pues por el perdi mi bien,

o librele el cielo.
Coge Azen del vestuario vn hombre vestido como Pimienta, y echalo por vn
escotillon, y Pimienta parece luego en lo alto del vestuario.
Pim.   Azen,
en vano intentas mi agrauio,
si Dios me quiere guardar.

Vase.
Az.   Que es esto?
Salo.   El Christiano mismo,
que desta mina al abismo
acabaste de arrojar,
està en la cumbre del monte.
Az.   Rabiando estoy.
Amet.   Sarracenos,
cuyas lunas amenaçan
al Sol del Christiano Imperio,
pues tan claras experiencias
de milagrosos portentos
veys que no mueuen de Azen
el duro y rebelde pecho.
Vosotros, si estos prodigios
han persuadido los vuestros,
obligad a vuestro Alcayde
a que admita mis consejos.
Mirad que os lleua, paganos,
a dar guerra al mismo cielo;
que a la voluntad de Alà,
y a su poder vays opuestos.
Si le adorays y temeys,
y si algun credito tengo
por mis obras con vosotros,
yo os exorto y amonesto
que mis consejos sigays,
pues con mi ciencia a poneros
sin estrepitu Marcial
dentro en Melilla me ofrezco,
abiertos tendreys sus muros,
y a los Christianos en ellos
sin armas, y de tal suerte
sus belicosos instrumentos,

que aunque den fuego a las pieças,
las balas no impela el fuego,
antes que dentro en la cerca
estè vuestro campo entero.
Esto prometo cumpliros;
y ved si engañaros puedo,
quando de mi caro hijo
la libertad me va en ello.
Y porque del todo esteys
seguros de mis intentos:
yo quiero entrar de Melilla
en los muros el primero:
que respondeys, Africanos?

Todos.   Que todos te seguiremos.
A parte.
Az.   Contra mi conspiràn,
si a Bichalin no obedezco.
Yo tambien, valientes Moros,
sus pareceres aprueuo:
que si hasta aqui resistia,
fue por temor de ofenderos.

Amet.   Pues dos condiciones solas,
si conseguir el efeto
quereys, os he de poner.

Az.   Dilas, Amet.
Amet.   Lo primero
es, que no aueys de ofender
los Christianos, y el intento
se ha de emprender, sin que tiña
sangre humana el blanco azero.
Esta es voluntad de Alà;
porque a su piadoso pecho
la barbara guerra ofende
y el homicidio sangriento:
que como el hombre es creatura
en que echò su amor el resto,
le enoja que ellos deshagan
sus mas amados efetos.
Y assi pues yo os asseguro,
y en fe de lo que os prometo,

precursor vuestro he de ser,
y os doy por prenda a mi mesmo;
he de yr en esto tambien
seguro del cumplimiento:
y para estarlo, mirad
que os apercibo y aduierto,
que ni flecha, ni arcabuz,
ni alfange, ni otro pertrecho
de guerra aueys de lleuar,
que vn puñal el mas pequeño
serà del rigor de Alà,
y vuestro daño instrumento.
La segunda condicion
que os propongo, Sarracenos,
es que aueys de confessar
vn solo Dios verdadero,
negando a Mahoma el culto,
que al autor del vniuerso
tyraniza injustamente
en los Otomanos Reynos:
que me respondeys? callays?
Si hasta agora no me dieron
credito firme en vosotros
las marauillas que he hecho
en la tierra, y pretendeys
ver señales en el cielo;

Parece vn Cometa en lo alto, como lo refiere la letra.

ved el crinado Cometa,
que la esfera discurriendo,
acredita mis verdades,
y amenaça vuestros yerros.
Ved como a mi mano embia

Cae por tramoya vna vandera colorada con medias lunas, en la mano de Amet.

el Dios de los firmamentos
el guion, con que me nombra
por caudillo suyo y vuestro;
dareys credito agora?
Az.   Quando tus milagros vemos;
quien podrà no obedecerte?

Zay. Todos estamos sujetos
a tu voluntad.

Otro. Guardar,
tus condiciones queremos.

Am. Pues dezid que confessays
que vn Dios solo tiene el cetro
de ambos mundos, y Mahoma
no es profeta verdadero.

Todos. Si dezimos.
A parte.
Az. Mas que importa?
que el sabe nuestros intentos.

A parte.
Zay. Los coraçones lo niegan.
Otro. No lo confiessan los pechos.
A parte.
Am. Todos pues os despojad
de las armas, y diziendo;
Alà te oyga, Amet, seguid
la vandera que os diò el cielo.

Vase.
Todos. Alà te oyga, Amet.
Vanse.
A parte.
Az. Que Azen
lleua en el alma el infierno.

Vase.
Rod. Salomon, destos prodigios
estoy turbado y suspenso.

Vase.
Salo. Y a mi me espantan de suerte,
que voy humedo de miedo:

A parte. mas que he hazer? ay de mi,
que me ha cogido el Sargento;
y si ha entendido mi intento,
acaba conmigo aqui;
harè del ladron fiel,
Sargento amigo.

Sale Pimienta de Moro.

Pim. Iudio, viuo estàs?
Salo. Y el pecho mio,
aunque fuyste tan cruel,
se ha holgado de la piedad
que ha vsado el cielo contigo.
Pim. Dios te guarde.
Salo. Soy tu amigo;
no pagas mi voluntad,
mas dime: como te atreues
a poner a riesgo ygual?
Pim. Obedezco al General.
Salo. A fe que no se lo deues.
Pim. Como?
A parte.
Salo. Yo le quiero dar
con vn inuentado enredo
pesares; pues no me puedo
con otro medio vengar.
Pim. Dudas dezillo?
Salo. El secreto
antes me has de prometer,
si de mi lo has de saber.
Pim. Di, que yo te lo prometo.
Salo. Quando diò la compañia
al Sargento don Guillen:
diziendole que tambien
tu valor la pretendia;
dixo con mucho desprecio:
pues aunque son amarillos
cagajones, y membrillos,
no echarà de ver el necio
que ay diferencia en los dos?
Pim. Esso dixo?
Salo. Yo lo oî,
y en el alma lo senti.
Pim. Que tal sufro? viue Dios,
si a pisar bueluo el castillo,
que he de dezirle en su cara,
aunque el viuir me costara,
que Pimienta es el membrillo.

A parte.
Salo.

    Pimienta lleua Pimienta,
lindamente lo creyò;
pues tan mal rato me diò,
lleuese este para en cuenta.

Vanse.
Sale Vanegas.
Vaneg.

    Gracias os doy, sacro autor
de las causas, que me veo
vencedor de mi desseo,
de mi mismo vencedor;
gracias os doy justamente,
que a vos, y no a mi, la gloria
deuo de tan gran victoria:
que de vn furor tan ardiente
solo librarme podia
vuestro auxilio; en tal accion
vuestra fue la execucion,
sola la intencion fue mia:
con Daraja hablando viene
Alima, escucharlas quiero,
que saber si es verdadero
su nueuo intento conuiene,
para resoluerme assi
a dalla, o a defendella.

Retirase.
Salen Alima, y Daraja.
Alim.

    Confiesso, Daraja bella,
que despechada fingi,
por librarme de tu hermano
que ser Christiana queria.

A parte.
Vaneg.

    Luego la sospecha mia,
falsa Mora, no fue en vano,
entregarele al momento
al Alcayde, y cessarà
esta guerra.

Dara.
    Pues si ya
conseguiste assi tu intento;
porque agora la verdad

no declaras, y has querido,
quando tu padre ha venido
a darte la libertad,
ser esclaua del Christiano,
mas que boluerte a gozar
sus regalos, si has de estar
libre con el de mi hermano?

Vaneg.   Sola esta respuesta espero.
Alim.   Inuestigables caminos
son, Daraja, los diuinos;
la lengua sola primero
con engañosa intencion
pidiò el Bautismo; mas luego
no se como llegò el fuego
de la boca al coraçon.
Por no descubrir mi engaño,
por cumplimiento passè
el Catechismo, y hallè
gusto tan nueuo y estraño;
tal gozo el alma sintiò,
en su patente verdad,
que en ella la falsedad
del Alcoran conociò;
y assi no podrà la muerte
mudar ya mi firme intento.
Vaneg.   Y yo morirè contento,
Alima, por defenderte.
Alim.   Nos has escuchado?
Vaneg.   Si,
y el gran gozo me enloquece,
de saber que no enflaquece
esse proposito en ti:
venga toda Berberia,
que en Dios mi esperança fundo,
y no ay poder en el mundo
contra aquel que en Dios confia.

Vase.
Alim.   No se inclinò a tu valor,
General, mi pecho en vano;

                              si bien ya a tu amor humano
                              vence en mi el diuino amor:
                              y quando no en sus preceptos
                              sus verdades conociera,
                              claramente las leyera
                              en tan estraños efetos.

Sale Arlaja.
Arla.   Preuenme albricias, Daraja,
                              de las nueuas de tu bien,
                              que contra Melilla Azen
                              con gran exercito baxa;
                              oy antes que passe el dia,
                              esta plaça sitiarà.

Dara.   Amor su sangre me dà;
                              desamor su tyrania.

Arla.   Ven a saber nouedades
                              al castillo.

Dara.   Ven, Alima.
Vase.
Alim.   Daraja, mi fe te estima;
                              mas perdonen las crueldades
                              de Azen, porque oy esta mano
                              al Moro darà a entender,
                              quanto puede vna muger,
                              que anima valor Christiano.

Arla.   Date, Alima, esse valor
                              el amor del General?

Alim.   No, Arlaja, no, porque mal
                              humano y diuino amor
                              caben en vn pecho mismo;
                              otra soy de la que fui,
                              solo el de Dios arde en mi,
                              solo aspiro ya al Bautismo.

Vanse.
Salen Vanegas, Pimienta, Salomon, y Arellano.
Vaneg.   Que haze tan nueuos portentos
                              y tan estraños prodigios
                              el Morabito? y que tu
                              en tanto riesgo te has visto?

Pim.   Si, yo por seruir al Rey,

me he puesto a tantos peligros;
que yo, señor General,
soy membrillo, y tan membrillo;
que voto a Dios.

Vaneg.   Que es aquesto? que dezis, Sargento?
Pim.   Digo
que soy membrillo, y que fuera
de vos, que al fin os estimo
por mi General, si alguno
huuiere pensado, o dicho
que no soy membrillo yo,
como vn couarde ha mentido.

A parte.
Vaneg.   Sin duda ha perdido el seso.
Salo.   Señor, por todo el camino
ha dado en esta locura.
Vaneg.   Que gran lastima!
Salo.   El juyzio
perdiò de temor de verse
en aquel mortal peligro.
Vaneg.   Consintamos con su tema
para sossegarle; digo
que eres membrillo, Pimienta.
Todos.   Todos tambien lo dezimos.
Pim.   Esso si, que ya con esso
quien lo afirmò, se ha desdicho;
y entiendame quien me entiende.

A parte.
Vaneg.   Que compasion!
A parte.
Arel.   Que delirio!
Vaneg.   Prosigue tu relacion.
Arel.   Digo que le ha prometido
el Morabito al Alcayde,
que por sus artes y hechizos
tendra patentes las puertas
desta cerca, y al castillo
llegaràn sin resistencias;
que estaremos impedidos
por sus encantos de suerte

para el marcial exercicio:
que ni el azero de heridas,
ni al ayre balas los tiros,
ni la poluora ni el fuego
vsen del ardiente oficio.
Pusoles dos condiciones,
que aunque duras, al fin hizo,
que a cumplirlas se obligassen,
la fuerça de sus prodigios.
Vna, que vengan sin armas
a la empresa, y sin herirnos
nos sujeten, porque Dios
se ofende del homicidio.
Otra fue, que confessassen
vn Dios solo, y el diuino
culto a Mahoma le nieguen,
como a profeta fingido.
Hizieronlo assi, y diziendo;
Dios te oyga, Amet, por caudillo
le siguen; y oy llegaràn
sin duda a verse contigo.

A parte.
Vaneg.

   O este Morabito es Angel,
o el orden se ha peruertido
del mundo; de estratagema
he de vsar, que este Iudio
es doble espia: que es esto,
cielos? tanto os he ofendido,

Finge que llora.

que deys fuerça contra mi
a diabolicos hechizos?

Pim.

   Lloras, General valiente?
esso si es no ser membrillo.

Vaneg.

   Llorar de honrado es valor,
que de morir no me aflijo,
sino de ver que la suerte,
que mi esfuerço ha conocido,
trace medios sin defensa,
con que el honor y el castillo
pierda, que en mis ombros puso

el Catholico Filipo.
Buelue, Salomon, al campo,
y al Alcayde Berberisco
di que le darè su hermana,
y al Morabito su hijo,
y de plata diez mil onças,
solo porque sus hechizos,
antes que a Melilla, assalten
otro Christiano presidio.
Que solo ser el primero
siento mas, por el peligro
que con mis emulos corre
la opinion del honor mio.

Salo.   Parto a seruirte.
Vase.
Vaneg.   Bolando,
que se acerca el enemigo.
Pim.   Que assi muestres couardia?
Arel.   Todos estamos corridos.
Vaneg.   Callad, que es ardid de guerra,
soldados, el que aueys visto.
Pim.   Como?
Vaneg.   Escuchad mi discurso;
o este Morabito ha sido
Angel en forma de Moro,
que para justo castigo
al Africa Dios embia,
como muestran los indicios,
de aueros dado las vidas,
y de auerles persuadido
que vn Dios confiessen, y nieguen
a Mahoma, y que de Christo
los professores no ofendan,
trayendolos al suplicio
sin armas, y si esto es cierto,
es cierto verlos vencidos:
o los diabolicos pactos
dan efeto a sus hechizos,
y si es esto, menos temo,
quanto mas en Dios confio,

que no ha de dar al demonio
potestad sobre sus hijos.
Y assi porque no desistan
desta faccion, acredito,
con el temor que les muestro,
lo que el Morabito ha dicho;
que bien se yo que el Alcayde
no ha de admitir los partidos,
mientras no le bueluo a Alima.

Pim.   Tu ingenio y valor diuino
con emulacion se ayudan.

Vaneg.   Pues dadme atencion, amigos;
y porque el fin consigamos,
escuchad lo que imagino:
la cerca ha de estar abierta,
pero cerrado el castillo,
y los soldados sin armas
por los muros repartidos,
ceuadas en el cañon
las pieças, porque encendido
el poluorin, no disparen;
cien hombres en los nauios
huyendo se embarcaràn
a vista de los Moriscos:
para que ellos confiados
con ver que son los indicios
conforme a las promesas
del Morabito caudillo;
en tropa ocupen la cerca,
y estando dentro, el rastrillo
echaremos, y seràn
todos muertos o cautiuos;
y los ciento, que embarcados
han de estar, de los nauios
saldran al punto, a dar muerte
a los Moros fugitiuos.

Arel.   Son ardides como tuyos.

Vaneg.   Oy quedamos todos ricos
de los paganos despojos.

Pim.   Ojalà los Berberiscos

traxeran sus fuertes armas,
vieras si yo soy membrillo.

Vanse.
Salo.   Estos partidos te ofrece.
Tocan caxas, salen todos los Moros sin armas, que las lleuan ocultas, y el
Morabito con el estandarte, y Salomon.
Az.   Pero no a mi Alima bella?
Salo.   A Alima no.
Az.   Pues sin ella,
mi ardiente colera crece,
marchad, fuertes Africanos.
Am.   Ved si es mi ciencia euidente,
pues mi fama solamente
dà tal miedo a los Christianos;
ved los soldados, que al mar
corriendo van fugitiuos.
Az.   Yo pierdo aquellos cautiuos.
Am.   Aunque los ves embarcar,
veràs que el viento no dexa
salir las naues del puerto;
ved como os aguarda abierto
el muro de Villa vieja;
ved como sobre los muros
encantados y suspensos,
desarmados è indefensos,
estan de su mal seguros.
Ved como dan los fogones
en vano llamas al viento,
sin que al ardiente elemento
obedezcan los cañones.
Veys como el efeto os doy
conforme con la promesa?
Moros a la cerca apriessa;
entrad, que delante voy.

Vase.
Todos.   Dios te oyga, Amet.
Aben.   Quiera Alà
que bien te suceda, Azen.
Az.   Quando no suceda bien,
cerca tu exercito està;

y sin el vencer dificultas
con estos magicos modos,
no tengas temor, que todos
lleuamos armas ocultas;
Africa, cierra.

Salo.   Oy acabo
la vengança de mi enojo;
no quiero mas del despojo,
que a Pimienta por esclauo.

Vase.
Salen Vanegas, Pimienta, Arellano, y los demas soldados en lo alto.
Pim.   De doze mil Moros passa
el exercito.

Arel.   En la cerca
van entrando de tropel.

Los Moros.
Zay.   Cerradas estan las puertas
del castillo.

Az.   Bichalin,
abra tu encanto la fuerça.

Vaneg.   Ya estan de la cerca dentro
todos los Alarbes; echa
el rastrillo: Moros viles,
la imagen de Christo es esta,

Muestra vn Christo.

el solo es Dios verdadero;
los que a su ley se conuiertan
de vosotros, seran libres;
los demas, sino se entregan
por cautiuos, moriran;

Acuchillanse.

cierra, España, España, cierra.

Vanse.
Az.   Perdidos somos, Amet,
cumple agora tus promesas.

Am.   Yo no te he engañado; aduierte,
yo prometi que la cerca
abierta, Azen, hallarias,
y los Christianos en ella
desarmados, sin que al viento

las balas diessen las pieças,
antes que al castillo mismo
llegasses sin resistencia,
todo ha sucedido assi.
Si agora el cielo os condena,
culpate a ti y a los tuyos,
que trayendo armas secretas,
aueys ofendido a Alà,
y a mi engañado, que dellas
las centellas han salido,
con que el Christiano os ofenda:
Azen, Azen, estos son
castigos de tus blasfemias,
que contra el poder del cielo
no ay resistencia en la tierra.

Sale Pimienta.
Pim.   Suelta la vandera, Amet.
Quitasela.
Az.   El vil Morabito muera,
que nos ha engañado.
Am.   En vano
intentays hazerme ofensa.

Vase por tramoya.
Az.   Sus hechizos le han valido.
Zay.   Por encima de la cerca
se escapò, vencidos somos.
Salen Vanegas y todos, y Alima con espada embiste a Azen.
Vaneg.   Si no se rindieren, mueran.
Zay.   Rendidos nos ves.
Alim.   Azen,
aqui pagaràs mi ofensa.

Cae herido Azen.
Az.   Matarme, quando ya muero,
hazaña serà pequeña.
Alim.   Confiessa a Christo por Dios,
y de Mahoma reniega.
Az.   Yo lo harè, Alima, con solo
que vna merced me concedas.
Alim.   Di, que por saluarte, Azen,
no aurà cosa que no emprenda.

Az. Que la palabra me des,
de que nadie te possea
por esposa, ya que yo
no he merecido tus prendas.

Alim. Yo lo prometo.

Az. Y yo quiero morir Christiano.

Vaneg. Pues entra
donde el Bautismo recibas.

Sale Pimienta con la vandera del Morabito.

Pim. La vandera roja es esta
de los Moros, ved agora
si soy membrillo.

Vaneg. Pimienta,
desde oy eres Capitan.

Pim. Dame essos pies.

Arel. Quantos quedan
con la vida de los Moros
a esclauitud se sujetan.

Alim. Menos Daraja, y Muley,
y mi padre, gran Vanegas,
cuyas libertades pido.

Vaneg. No aurà cosa que no puedas.

Dara. El Bautismo te pedimos,
noble General, con ella,
que la verdad de tu ley
estos prodigios enseñan.

Aben. Yo pido lo mismo.

Pim. Y muchos
conuertidos lo dessean.

Vaneg. De todos serè padrino;
hazañas de Dios son estas,
y este el fin, noble Senado,
desta historia verdadera,
que llaman, la manganilla
de Melilla por Vanegas,
de que el Morabito Amet
fuesse Angel, huuo sospechas,
como las causas y efetos,
que aueys visto, lo comprueuan,
tras esto podreys creer,

señores, lo que os parezca,
como creays que es seruiros
la voluntad del Poeta.

Fin de la famosa Comedia de la manganilla de Melilla.